腫面

HARE MEN

原 盈多

Mitta Hara

文芸社

序

子《ね》の刻をとうに回った深夜、橘則光《のりみつ》①は内裏を出た。

「殿様、今頃お屋敷に戻られるのですか」

則光に無理やり起こされた小舎人童子《こどねりわらわ》②が、寝ぼけ眼《まなこ》を擦《こす》りながら後に従う。

厚い雲に覆われた真夜中。都《みやこ》の大路小路はすべて闇に包まれていた。

「手力丸《たぢからまる》、そこに隠れていろ！」

小声で囁《ささや》くと、通りの端の一抱えの上もある大木の陰に小童を蹲《うずくま》らせる。小童は訳も分からず言われた通りしゃがみ込む。小童には何の気配も感じられなかった。そっと大木の脇から顔を出す。闇に慣れた目に、則光が僅《わず》かに膝《ひざ》を折り曲げ、太刀に手を掛け不動のままじっと前を睨《にら》んでいるのが見えた。

何者か黒い塊が、則光の前に忍び寄る。まるで這《は》うように、背の低い俊足の犬が音もなく突進するように則光に近づいた。

闇の通りの中央に立つ則光を真っ直ぐに目指すその塊は、間合いを詰めた途端跳ね上がるように刃《やいば》を突き出した。

鉄のような臭《にお》いが鼻先に漂う。童子は目を見張りそして失禁した。童子の目の前に、脇から肩先に向かって斬り上げられた刀を持つ手先と、それに付属するかのような首が転がっていた。瞬時に則光は体を竦《すく》めつつ相手の右脇から左肩へ太刀をすくい上げたのだった。腕と首を無くした体が則光にもたれ掛かるように倒れ込む。その切り落とされた体は、大の大人とて正視できるものではない。童子は血だまりを避けるように失神した。

――倒した。

気を緩め太刀を正眼に戻したその時、倒れた体の後ろからやや小振りの黒い塊が、また跳ね上がるように則光に向かって飛び込む。一瞬の油断であった。胸に刀の切っ先が触れる。その痛みを感ずる前に、則光は瞬時に右足に思いっきり力を籠《こ》めて跳ぶ。日頃の鍛錬がものを言った。切っ先が則光の体に触れたはずの刃は手応えを失い、その勢いで相手は前のめりになる。その頭に向けて則光は太刀を振り下ろす。骨を打ち砕き首の肉まで刃が食い込む感触があった。

息をつく間もなく則光はその太刀を引き抜き、後ろざまに太刀を振る。気を失った小童のもたれ掛かる塀の上から音もなく舞い降りた同じ黒い物体が、則光と刃を合わせることもなく腹を切り裂かれ、今度は大きな音を立てて地面に転がった。辺り一面血の臭いに満ちた。

太刀についた血を振り払うと、則光は何事もなかったかのように童子を揺り起こす。

「手力丸、戻るぞ。これほどに返り血を浴びてはもう帰るわけにもいかぬ。曹司《ぞうし》③で着替えよう」

失神からなかなか目覚めない童子の頬《ほお》を軽く二、三回打つと、童子はやっと目を開けた。

「と、殿様」

「さあ起きろ。戻るぞ」

「一体……」

「いいから起きろ、何をしている。早くしろ。いくら夜半とはいえ誰か聞きつけて来るかもしれない」

「動けません、殿様」

「戯《たわ》けが。腰を抜かしたのか。さあ、己につかまれ」

則光は童子の前にしゃがみ、背を向けた。

「こら、手力、お前失禁したな？　情けない奴だ」

則光の支える童子の尻に冷えた水の感触があった。

「朝になって己の衣帯《えたい》の血を見られてはまずい。もう遅いがざっと血を流しておけ。お前も漏らしたままというわけにもいくまい。早く脱げ」

内裏の曹司の傍らの井戸のところで則光は童子を降ろした。童子も漸《ようや》く立ち上がることができたようだった。薄くなった雲を通して見える月影が、僅かに井戸の周りを照らしていた。

下穿《はば》き一つになった則光は、井戸の水を小童の頭からかけようと小舎人童子の衣を引き剝がした。先ほどの暴漢には些《いささ》かも動じなかった則光であったが、小舎人童子の貧弱な体の僅かに膨らんだ胸を見て絶句した。

「お前、女童――」

小舎人童子は、胸と股間を隠し下を向いた。

僅かな月影の中、少し頰を赤らめた則光は動揺を覚られぬよう態《わざ》と厳しく、

「誰もおらん。己はもう休む。汚れた衣を洗って早く身に着けろ。己のは後回しでいい。血糊《ちのり》が薄くなればそれでいい。あとは夜が明けてからだ。何とでもなる。お前も早く休め」

それだけ言うと曹司に戻った。

曹司で一人横になった則光は、枕《まくら》に押しつけた耳にやけに高く心騒ぎを感じた。

「女だったのか、小童」

清《せい》の豊満な胸とは似ても似つかない薄い胸が痛々しかった。

「手力丸、酒を持って来い」

休めと言ったのを忘れ、酒の力で寝ようと小舎人を呼んでしまった自らに、小さな笑い声を上げた則光は、床より起き上がると酒を取って来て、土器《かわらけ》④になみなみと注ぎ、一気に飲んだ。

「あまりにも華奢《きゃしゃ》な小舎人だったから、からかい半分に手力丸としたが、哀れだったかな……」

独り言も微《かす》かになり、則光は眠りに入った。


（註）
①橘則光（康保二年・九六五～没年未詳）＝橘氏長者橘敏政の長子。清少納言の夫。従四位上、陸《む》奥守《つのかみ》。
②小舎人童子＝主人《あるじ》の身の回りの世話をする子供。
③曹司＝内裏の中の役人、女官のための居室。
④土器＝素焼きの杯。

もくじ

第一章

（一）

橘則光は、康保二年（九六五年）村上天皇治世最後の年、葛城王橘諸兄《もろえ》①を始祖とし、一族には三筆の一人橘逸勢《いっせ》②、歌人小式部内侍《こしきぶのないし》③、能因《のういん》④法師らを輩出した名門橘氏の時の氏の長者、橘敏政の長子として誕生した。しかし既に時代は、藤原良房が人臣摂政を初めて司《つかさど》ってより百年、藤原氏が全盛を誇る世となり、決して嘗《かつ》てほど恵まれた家門ではなかった。

その橘則光が公卿の当然の嗜《たしな》みとして、藤原為時《ためとき》⑤より唐の学問の伝授を受けるようになったのは天延三年、則光九歳の時だった。それから則光は為時の下で凡《おおよ》そ七年間、漢籍の手ほどきを受けることになった。

則光は、文より武を好む性であった。とはいえ、名門の氏の長者の長子として恥ずかしくない血を受け、後に『金葉和歌集』に入集するほどの才の持ち主でもあった。父敏政としては後者の道を選んでほしかったのは言うまでもない。

それゆえ唐の学問では随一、と謳《うた》われた為時の教えを受けさせようとしたのも当然であった。則光は決して目を見張るような秀才ではなかったが、その秘めたる才は為時に叱《しか》られつつも、十分かわいがられるだけのものがあった。

その時、たまたま一緒に入門したのが同い年の源頼信と、乳兄弟の清原助元、そして三歳年下の戒定寺の徒弟治恵だった。

頼信はそれこそ文より武だけの子供で、十に満たぬのに既に大人の弓を楽々と引き、大太刀も難なく振るという殿上人の子とは思えぬ偉丈夫の卵であった。その歌よりも文よりも馬や弓が好きという気性を危うんだ親が、頼みに頼んで為時の下に送った子だった。

助元はもともと伶人《れいじん》⑥の家系で、やはり則光と同い年。こちらはその家系通り既に九歳にして比類なき笛の名手との評判が立っていた。その父助貞は、何としても名実ともに国内一《くぬち》の笛の吹き手になってほしいと願い、楽の発祥の地である唐の学問を修めてもらいたいと為時の下に送ったのであった。

治恵は恐ろしいほどの秀才で、年が満つれば叡峰《えいほう》⑦に登ることは決まっていたが、六歳ではあまりにも幼いと戒定寺で修行を積んでいた。だがこの年で既に師僧照恵の教えをすべて納めてしまったので、為時の下に預けられたのだった。その気立ての良さと聡明さから、年端も行かぬ幼年であったが則光も頼信も一目を置き、すぐに四人は無二の親友となった。

則光、頼信、助元、治恵の四人は毎日楽しく為時の下に通った。その四人の学ぶところを室の陰からそっと見ていたのが、師為時の娘、藤《とう》⑧、後の通称紫式部であった。

則光や頼信が師に当てられ、答えられなくてしどろもどろでいるところを、小廊下の廂《ひさし》の下で小さな体を潜ませて、笑いを浮かべながら小声で正解を言っている七歳の娘だった。

父も陰で学ぶ娘を自由にしていた。治恵に会うまで自身の娘ほどの才人は見たことがなかった。女性であることが残念でならなかった。それゆえ治恵という秀才を得た今でも、自身の持てるものすべてを娘にも教えようと思い、則光たちに手ほどきをする時、わざと陰の藤にも聞こえるよう大きな声を出していたのだった。

ある日のこと、その日治恵は師僧のお供があるということで休みだった。いつもならば、問いに答えられない時はこっそりと治恵に教えてもらう三人が、その日はそうはいかなかった。あまりの出来の悪さにたっぷりと叱られた三人が、怒りのあまり難問を課題にされて退出する時に、則光の袖をそっと引く者があった。振り向くと藤であった。藤はそのまま則光だけを陰に連れて行くと、

「明日の答えは、白氏《はくし》⑨の『王昭君』よ。読んでらっしゃい」

「師に教えてもらったのか？」

「『唐の大人は、お前らと同じほどの年で、後代に名詩と感服されるものを残した』と言っていたじゃないの」

「ふむ、でも何でそれを教える。何故己にだけ教えるのだ」

「だって」

「帰る」

唇を噛み締めて佇《たたず》む藤を後に、則光は急いで頼信、助元の後を追った。追いついた則光に頼信は何も尋ねなかった。

翌日三人共師の課題に答えられなかった。前日休んだ治恵は難なく解答し、それがまた師の怒りに油を注ぎ、三人はまた厳しく叱責された。室の外、廂の下には、せっかく教えたのに、わざと答えぬ則光をじっと見つめる藤がいた。

実は、為時は最初は治恵を預かるのを随分と躊躇《ためら》ったのだ。それと言うのも、五年ほど前、やはり戒定寺の徒弟であった治恵の兄弟子の豸恵《ちけい》を暫《しばら》く手ほどきしたことがあったからだった。

戒定寺の徒弟豸恵は秀才の治恵より七歳年上で、歳の差通り七年先に入山[10]していた。しかしこちらは凡才というよりも愚鈍といった方が相応《ふさわ》しい徒弟であった。後に戒定寺は照恵の徳の高さが認められ、准定額寺《じゅんじょうがくじ》[11]に勅許され寺格が上がり、併せて御下賜も受ける堂々とした寺になったが、丁度承平・天慶の乱の頃、辺り一帯を嘗《な》めつくした大火により大打撃を受け、疲弊のどん底に落ちてしまっていた。

豸恵の入山した頃も、多くの檀那《だんな》[12]を失った寺は、まだ復興の緒にも就くこともできず、焼け残った伽藍《がらん》⑬があるだけの寺であった。しかし貧乏寺ではあったが、照恵師が名僧という評判は都に響いていた。

そのような中、ほんの暫くでいいから躾《しつけ》のために子供の面倒を見てほしいという、某家の強引な頼みで一時入山したのが豸恵だった。であるから最初は照恵の徒弟ではなかった。ところがそれがとんでもない子で、生来の愚鈍さに加え、下級とはいえ殿上人の家門の生まれであったにも拘《かか》わらず、欲が人並み外れて深く、粗暴で僻《ひが》み心が強いという、どうにも手に負えない性格の子供であった。

親は、厳格にしてみたり、甘やかしてみたり、手を替え品を替え躾てはみたが、平気で嘘《うそ》をついたり、幼いくせに親の威を借り家人らを怒鳴り散らし、打擲《ちょうちゃく》⑭するというようなねじ曲がった心を正すことができず、つくづく手を焼いた末、世に名高い照恵律師ならば何とかしてくれようという思いの末のことであった。

大火の前は照恵とその師は何人もの弟子を育て、各地に派遣もしていたが、疲弊した今、弟子を預かる余裕はないと再三断った。しかし両親の苦渋に満ちた顔を見ると、み仏の教えの下ならば必ずや良い子に育つだろうと考え直し、預かることにした。

だが、いざ手元に置いてみると、旬日を置かずして、食を得るのがやっとという貧乏寺に押し込められたと、親ばかりでなく住職にまで逆恨みをする豸恵には、ほとほと手を焼くことになった。

さらに悪《あ》しきことに豸恵の親はその後暫くして知行地に赴いた折、根深い抗争に巻き込まれ、父ばかりか母親、そして他の兄弟皆あっけなく他界してしまった。それで天涯孤独になった豸恵は、否応《いやおう》なく戒定寺の徒弟とならざるを得なくなり、豸恵という法名もその時に師照恵より受けたのだった。

躾のための預かり人ではなく、正式の弟子となったからには、師の照恵としても、何としても一人前の僧侶にしようと、仏道のみならずいろいろ教えたのだが、逆恨みをするばかりであった。途方に暮れた照恵が高名な為時の手ほどきを受ければ、少しはその威光に恐れ入るだろうと考え、為時に預けてみたのだったが、為時を以《もっ》てしても手に負えなかった。

為時にとって幸運だったのは、豸恵のような性格にありがちな飽きっぽさが幸いして、ひと月も経たずに通って来なくなったことである。そのことは為時には痛くもかゆくもなかったが、その時まだ十ばかりの小僧が、寺に来る人ごとに為時の悪口を聞くもおぞましい口調で語ったという噂《うわさ》が、為時の耳にも人づてに伝わり、子供のこととはいえその時は不快な気持ちになるのを抑えることができなかった。

しかし豸恵は悪口を言いつつも、自分は当代きっての漢学博士、藤原為時の愛弟子《まなでし》で、師より漢学の一切をごく僅かな期間のうちに伝授され、皆伝を許された、と言って憚《はばか》らなかった。

（註）

①葛城王橘諸兄（生年不詳〜天平宝字一・七五七）＝奈良時代の政治家。
②橘逸勢（生年不詳〜承和九・八四二）＝平安前期の官僚。三筆の一人。
③小式部内侍（生没年不詳）＝平安中期の女流歌人。母は和泉式部。
④能因法師（長徳四・九九八〜永承五・一〇五〇）平安中期の歌人。中古三十六歌仙の一人。
⑤藤原為時（天暦一？・九四七〜治安一？・一〇二一）＝当代きっての大漢学者。歌人でもあった。紫式部の父。
⑥伶人＝内裏の楽府《がふ》（音楽を司る役所）の楽人のこと。
⑦叡峰＝比叡山延暦寺のこと。
⑧藤＝紫式部の幼名。
⑨白氏の『王昭君』＝白氏は中唐時代の大詩人白楽天。『王昭君』はその代表作の一つ。
⑩入山＝寺に弟子入りすること。
⑪准定額寺＝定額寺とは官立、もしくは官許の寺のこと。准定額寺はそれに準ずる寺のこと。
⑫檀那＝サンスクリット語のダーナ（dāna）の音写。日本では、寺院、僧侶に布施、寄進をするパトロンのこと。
⑬伽藍＝本堂、鐘楼《しょうろう》（＝鐘撞堂《かねつきどう》）、庫裏《くり》（人々が集まったり寝泊まりする建物）等の総称。
⑭打擲＝人を殴ったり、蹴ったりすること。

（二）

前述の如く、豸恵に遅れること七年にして治恵が入山した。入山したその日から、治恵は豸恵より言うに言われぬ陰湿な虐《いじ》めを受けた。しかもそれは実に巧妙になされ、師の照恵はいまわの際までそのようなことが寺内に於いて為《な》されていたことを知らずにいた。

治恵の祖父は正三位大納言まで登った公卿であり、父も同じく三位に位していた。治恵はその名家の五男として、円融天皇の治世、安和二年（九六九）に生まれた。その出自の良さがまず豸恵には気に入らなかった。

治恵が生まれた時に、祝いに参上した相人洞昭《そうにんどうしょう》①が赤子を見るや、

「位階人臣を極めるか、扶桑《ふそう》に於ける転輪聖王《てんりんじょうおう》②の相有り」

と相した。その言を聞くと仏心ある父母はたちどころにいずれは叡峰に登り、家門の安寧を念じてもらいたいと願った。

その子は育つにつれ聡明でしかも温厚な性を示すようになってきた。その上で改めて洞昭に占じてもらうと、当代きっての清僧戒定寺の照恵に預けるべしとの宣託が下

された。

満で六歳になったその子は、父母の願い通り戒定寺の照恵の下に入山し、治恵の法名をもらった。戒定寺が復興の緒に就いたのはその時からである。

治恵の両親は戒定寺の苦しい納所《なっしょ》③に対し援助を惜しまなかった。寺はたちどころに修復され、什物《じゅうもつ》④も滞りなく用意されるのにそれほどの時を要さなかった。それが後々准定額寺に昇格する一因ともなった。しかし、この治恵の両親の存在が豸恵の僻み心をさらに悪化させた。

治恵は名門の生まれに相応しくおっとりとしていたが、名門を鼻にかけることのない活発な子供らしい子供で、しかも託宣通り、稀《まれ》に見る秀才であった。それで誰からもかわいがられた。師の照恵も、飽きっぽく学問に少しも身を入れようとはしない豸恵に比べ、自ら進んで文台に向かう治恵には教え甲斐を感じ、自ら持つもののすべてを惜しみなく教授した。寺に集まる者誰しも治恵を見て照恵の良き後継ができたと安堵の声を漏らした。

そしてそれがまたまた豸恵の治恵に対する陰湿な虐めを助長することになった。父母をなくしこの寺にしか居どころのなくなった豸恵は、秀才の治恵に寺を乗っ取られると考えた。それは、いつか自身が住持《じゅうじ》⑤になった暁にはこれまで自分を虚仮《こけ》にした照恵も治恵も即座に追い出してやるという思いが常にあり、逆に治恵が住持になれば自分が同じ目に遭うと邪推し、恐怖したことに起因していたのだ。そこで豸恵は浅はかながら、虐め抜けば治恵はこらえ切れずに出ていくだろうと考えた。

豸恵は真名《まな》⑥も大半は知らず、知ろうともしなかった。しかし、当人は自身に才があると自信を持っていた。そこがまた愚鈍の愚鈍たる所以《ゆえん》でもあるのだが、人前で経を共に読んでも誤った読み方をして平然としていて、師の照恵としては、自らが真名を読めずに弟子に教えていると言われるのではないかと、震えが来るほどであった。

その低能が、一旦師の悪口を言い始めると、次から次へとよどみなく流れ出て、しかも連日飽きもせず同じ悪口を繰り返す根気強さには、ある意味で才気さえ感じられるほどであった。

師の目を盗んでは、ありとあらゆる虐めを豸恵は飽きもせず毎日繰り返した。だが、治恵にとっては、愚鈍な輩《やから》の行為はくどさを除けば、底が浅く意に介することもなかった。ただ尊敬する師の悪口を休みなく言い続けられることが苦痛であった。悪口を止めようとすれば必ず暴力で仕返しされた。七歳の体力差は暴力に関しては如何《いかん》ともし難かった。それにも拘らず、師にも生家の親たちにも治恵は何も伝えなかった。幼いながら、仏門に入ったのは自らの発心《ほっしん》⑦であることを自覚している童子であった。

そのような寺の日常の中、治恵にとっては、豸恵の顔を見ずにいられる為時の下で学ぶ時間だけが、至福の安寧の時であった。しかも、則光、頼信、助元という心の友まで出来たのだった。

役目も忙しい師為時が外出し、自習になった時には、則光、頼信の二人に刀の持ち方、弓の引き方、馬の乗り方を教えてもらったり、助元には笛の扱いも習ったりした。笛は特に治恵の興を引き、則光、頼信が太刀を振ったり弓を引いたりしている間、熱心に助元から教えを受けていた。助元は治恵の筋の良さを認め、伶人にならないかと誘ったほどであった。

治恵はその代わりに師の目の届かぬところで、あまり学問に身の入らない三人の代筆をしたりしてあげるという、寺にいては考えられない楽しい学問所生活を送ることになった。

治恵が為時の門下に入って三年目、九歳になった時、十六になった豸恵は叡峰に登ることになった。

何人《なんぴと》からも称賛される治恵よりも先に叡山⑧に登れることに、豸恵は有頂天になった。このままでは寺に住まうことも叶わなくなると案じた師の照恵が、八方手を尽くして、掃除をさせるだけでも良いから置いてほしいと叡山に頼み込み登山⑨が許されたのだ。そして豸恵が出立したその日から寺は明るくなった。

しかし、なんと僅か半月で豸恵は帰山⑩した。――もはや今の叡峰には学ぶところがない、というのがその言いぐさであった。これまでの豸恵を見れば、よく半月も辛抱できたと言えるかもしれない。

だがさすがの豸恵も三日、いや半月坊主では居心地が悪かったのだろう、その後ひと月ばかり戒定寺に留まると、治恵に——お前たちにはできない真の修行をして来る、と言い置いて出奔《しゅっぽん》した。なんといつの間にか治恵の生家が寄進した什物すべてを売り払っていたことに誰も気づかずにいた。叡山に巣くっていた私度僧《しどそう》⑪が僅か半月の間に豸恵を誑《たぶら》かし、戒定寺の什物を盗み出すよう手引きした、ということを叡山での豸恵の師にと頼んだ元同門の弾恵和尚から照恵が聞いたのは、ずっと後のことだった。

寺は空になったが、住持の照恵も、弟子の治恵も、下働きの老爺《や》、老婆にも笑顔が戻った。

そしてそれからだった。治恵は師の許しを得ると寺男の老爺に手を貸してもらい、大好きな梅や、桜、紅葉を境内に植え始めた。早く花や色づく葉をみたいと、照恵の力も借り、かなり大きな木も運んで来た。それらが数年もすると見事な花や色づく葉を境内一杯に見せ始めた。


（註）
①相人洞昭＝相人とは人相等からその人の未来を占い、見抜く人。洞昭は当時最も評判の高い相人であった。

②転輪聖王＝釈尊のこと。転輪とは教えを分け隔てなく説き明かすこと。
③納所＝寺の家計を受け持つところ。
④什物＝寺の備品。
⑤住持＝住職。
⑥真名＝今でいう漢字のこと。
⑦発心＝自ら仏の教えを信じ、学ぶ心を起こすこと。
⑧叡山＝前出「叡峰」（18頁註⑦）に同義。
⑨登山＝寺に入ること。
⑩帰山＝寺に戻ること。
⑪私度僧＝正式な修行を一切せずに、勝手に僧を名乗る者を指す。

（三）

源方弘《まさひろ》①が為時の門を叩いたのは、四人が為時門下に入って七年目、天元五年（九八二）のことだった。

その日既にずっと先に進んで、『六臣註文選《りくしんちゅうもんぜん》』②を一人学ぶ治恵をよそに、則光と頼信、助元はやっと怒りを抑えている師の前で、懸命に王維の『送綦母潜《きぼせん》　落第還郷』③を暗記させられていた。

「これほどお前たちに相応しい詩はあるまい」

それが師の言葉だった。王維に四苦八苦している時に、右近少将源当季の乗る牛車が為時の邸を訪れた。何事かとびっくりして迎えに出た為時の前に、当季は孫の方弘を差し出した。

「何とぞ蔵人殿の門人の末席に」

治恵はともかく、学問にあまり身の入らぬほかの三人の弟子に手を焼いている為時の、苦虫を嚙みつぶしたような顔が、さらに苦り切った。

だが少将にとっても最後の頼みの綱だった。そして少将の頼みとあらば、如何なる事情があろうとも五位の下の為時には断ることはできなかった。

噂の通りぼんやりとした顔つきの少年だった。救いはと言えばその人の良さそうな眼差しでろうか。

生来生真面目な性格の為時は、その日から方弘を何とかしようと全力をあげた。まず真名から始めなくてはならない。しかしそれが一番の難題であった。遅々として進まない方弘を前に、一日のほとんどを取られるようになっていた。

方弘が為時の門に入ってひと月ばかり経った頃だった。その日は皐月《さつき》に入ったばかりとは思えないほど朝から暑い日だった。

一人進んでいる治恵は『六臣註文選』を開き、則光、頼信、助元は『白氏』の課題の詩を開いていた。方弘は例によって所在なく文机を前に座っていた。そこに師の為時が現れ、急用ができたので、昨日与えた課題をやっておくようにと言い置いて出掛けてしまった。方弘には真名を三つ書いた手本を渡し、何回も書くように言い置いた。

それをおとなしく聞いている則光と頼信ではない。すぐ庭に出た。助元、治恵もためらいもなく続いた。治恵は賢い子であったが、決して文台に向かうばかりではなく、外に出て則光らと遊んだりする方が好きな男子だった。秀才ゆえに則光、頼信、助元ほど叱られないだけだった。方弘は一人廂から所在なげに庭を見ていた。

庭の木陰も暑かった。それで誰が言うともなしに、川で遊ぼうということになった。

方弘も誘い五人で賀茂川まで出てみたが、木陰のない川原は、石が焼けていて師の邸の木陰よりも暑い。北の方に行ってみれば涼しかろう、という頼信の発案に一も二もなく皆従った。

土手伝いに北に進んで一時ほど経った頃だろうか、遥か彼方《かなた》に大きな森らしきものが見えてきた。そこまで行けば今度こそ涼しかろうと、五人は酷《ひど》い暑さの中無言で歩を進めた。

杉、橡《とち》、樅《もみ》、雑多な木の群生した大きな森だった。一歩入ると森の中は薄暗く、木の葉の匂いに満ちひんやりとしている。下は冬の間に落ちた橡や楢《なら》、桜の枯葉が敷き詰められ、足が沈むようで気持ちが良かった。

しかしそのまま進むと、息吹く木々から出る湿り気に体が包まれ、却《かえ》って汗まみれになってくる。汗を拭《ぬぐ》いつつやっと大きな森を出ると、急に辺りは開け、なだらかな草地の傾斜が見える。とその先に、果てが霞《かすみ》にけぶるほどの大きな池が見えた。これほど大きな池がこんなところにあるとは、則光たちは聞いたこともなかった。方弘はもともと分かっていなかった。

日の光は、昼近くなりさらに強まっている。池の端にたどり着いた五人を焼け焦がすように日が降り注ぐ。これはたまらんと、池の端のところどころに二本、三本と聳《そび》える木の陰に入ると、池を渡る風が心地よく吹き渡っていて、一気に汗が引く。

涼風に身を任せながら助元は一管の笛を懐から取り出し、即興で奏で出した。

「いい音だなあ。何という楽ですか?」

「今作ったから名はない」

助元が治恵に答える。

「涼やかな風に笛の音。『微風吹動』はどうでしょう?」

「みふうすいどう?」

方弘を除いた三人が口をそろえた。

「ええ、極楽のそよかぜです」

「いい名だな」

と則光。

「年寄りくさいな」

こちらは頼信。その時方弘は無言で衣帯を脱ぎながら池に向かって走り、そのまま素っ裸で池に飛び込んだ。

「方弘――」

残る四人は大声で方弘を呼ぶ。しかし方弘は、丁度盛りの菖蒲の群生の間を気持ち良さそうに潜ったり顔を出したりしている。文の学とは大違い、素晴らしく上手な泳ぎだった。

「鯉《こい》か鮒《ふな》の化生《けしょう》④か？　方弘は」

「うん、真実うまいな。あれには誰も敵わないぞ」

「そろそろ戻った方が……」

その時、治恵が心配そうに切り出した。

「なんだ、治恵。お師匠様が怖いのか？」

「そうじゃないけど」

「お師匠様より前に帰り着こうがどうせ怒鳴られる」

「どうしてだ、頼信」

「出て来る時あれがそっと見ていた」

「あれって、藤か？」

「お師匠様が帰っておられたならもうさんざん言いつけているだろう。方弘まで連れ出したとな」

「やれやれ」

「おーい！　方弘、帰るぞ。早く池から上がれ」

どこまで息が続いているのだろうかと思うほど長いこと潜っていた方弘が、何やら手に持って上がって来た。

「おい、何だ、それは」

「菖蒲根だ」

頼信の問いに方弘は得意げに答えた。

「おお、これは、随分と長いな」

「根合わせにこれを出せば勝てるな」

「ああ、まだ小さな花なのにこの長さだ」

その時だった。

「こらー！」

森の方から何やら怒鳴る声が聞こえた。びっくりして振り向く五人に重ねて、

「危ないぞ、早くこっちへ来い。ぐずぐずするな。早くせい。早く、早く」

森の樵《きこり》か水汲みであろうか、老人がしきりと大声を出す。方弘が渋々と菖蒲を池に投げ込み、衣帯を身に着け、履物を手にすると、五人は老人の立つ森まで戻った。

「お前様たち無事で良かった。今日は主《ぬし》様、琵琶の海の嫁様のところに出掛けたのだろう。それで無事だったのだ。もしもこの池に在られなさったら、お前様たち五人共今頃命はないぞ」

恐ろしい顔つきで老人が五人を諭す。

「主様って？」

「この池をお治めになるこの長池の主。蟒蛇《うわばみ》様⑤だ」

五人は初めてこの池が長池と呼ばれることを知った。治恵は、

「長池、蟒蛇、ながいけ、な、が、池、なーが……」

とぶつぶつ呟く。それを無視して頼信が老爺に聞き返す。

「蟒蛇様？」

「ああ、十尋《ひろ》⑥もある蟒蛇様だ。神代の頃よりここにお住まいになられている大主様だ。わしたちがここらで日照りにも大風にも遭わずにいられるのは皆大主様のお蔭。だが、恐ろしいお方でもある。大主様はこの池のそばを通りかかる旅人を取って食われるのだ。だからわしらは年に一度の魂祭《たままつり》⑦の日、大樽《だる》のお神酒《みき》を、大主様にお捧げしにこの森を抜けて池の端に行くだけ。あとは決してこの池には近づかんのだ。お前様たちは運が良かった。さ、すぐに戻りなされ」

そう言うと、一刻も早くその場を立ち去りたいというかのようにさっと振り向くと、老樵は森の中を戻って行ってしまった。

十尋もある蟒蛇の大主様と聞き、則光ら四人は背中が粟立つようにぞっとした。剣でも、弓でも、学問でも、そんな大きな蟒蛇には敵うわけもない。方弘だけ訳の分からないような顔をしていた。その後、親友四人に方弘が加わったのは言うまでもない。

方弘が入門して半年ほどした頃、方弘に手間がかかりすぎ、手解《てほど》きの時間を持てなくなってしまった為時は、苦渋の末、則光と頼信、助元を旧知の清原元輔《もとすけ》⑧の下に送

ることにした。方弘の指導には治恵の手助けが何と言っても必要だったので、治恵だけがそのまま為時門下に残った。

為時が唐の学の筆頭とすれば、元輔は和の学について当時最も評価の高い人物であった。そして藤同様その娘が評判の才女であった。親からは清《せい》と呼ばれていた。

頼信は元輔門下に入って程なくして新たな師の下を去った。父親が急逝し、すぐに跡目となったからだった。助元はもとより決まっていた衛府《えふ》官人⑨として楽所に入り、結果的に学問からは去った。則光のみ父橘敏政の「氏の長者の跡取り。心して文を修めよ」との言いつけに従わざるを得ず、一人元輔の下で学び続けることになった。

元輔は大学者であったが、天性朗らかな人で、一対一で則光が学んでも、少しも窮屈なことも退屈することもなかった。素養として当然いつかは学ばなければ、と思ってはいたのだがなかなかその気持ちになれなかった『古今』も、元輔と学ぶと砂地に水が引くが如く納められていった。

初学者が『古今』で必ず躓《つまず》く漢籍の素養については、これまでの厳格な師藤原為時の丹念な伝授のお蔭で、何の苦もなく修めることができ、今さらながら則光は旧師為時に感謝の念を心から持った。

（註）

①源方弘＝『枕草子』にたびたび出てくる愉快な人物。
②『六臣註文選』＝六人の注釈者により解説された古代中国の詩集。
③王維の『送綦母潜　落第還郷』＝王維は盛唐時代の大詩人。『　』内は王維の友人綦母潜が、進士の試験（上級官僚になる試験）に落第して、南の故郷に帰るのを見送る詩。
④化生＝生まれ変わり。
⑤蟒蛇＝大蛇よりもさらに大きい巨大な蛇。
⑥十尋＝尋は長さの単位。一尋は六尺（約一・八メートル）。
⑦魂祭＝お盆の行事。
⑧清原元輔＝清少納言の父。大学者。
⑨衛府＝近衛府・衛門府など、奈良・平安時代に禁裏（宮中）の警備を司った役所の総称。

(四)

治恵は、方弘と共に学んで三年ほどしてから、年も満ち叡峰に登った。叡峰でも治恵の秀才ぶりは評判となった。そして良き師にも恵まれ、梵語、倶舎《くしゃ》、唯識《ゆいしき》、法華、浄土①、悉《ことごと》く修め八年の修行を終えて帰山した。

治恵は二十四になっていた。叡峰における秀才の評判は都にも鳴り響き、治恵に対する講師の依頼も次々と照恵の下に来た。

戒定寺が准定額寺を下賜されたのは治恵二十七歳の長徳二年(九九六)、三位少将の両親追善の法華八講《ほっけはっこう》②の講師を見事に為《な》し終えた時だった。治恵の講師の見事さ、そしてその姿の美しさにも深く感じ入った三位少将と、その前に阿弥陀四十八講を導師してもらった二位の殿が、そろってこのような出家を育てた寺に対する報恩として強く推挙したことに起因していた。この頃が戒定寺の絶頂であった。

落ち着いた、穏やかな戒定寺の日常が暫く続いた頃の長徳三年(九九七)弥生、突然豸恵が帰山した。十八年もの間一体何をしていたのか、体は酒浸りの挙句《あげく》のように赤黒く、一段と賤《いや》しい顔つきになっていた。しかし見かけとは異なって、その所作には嘗ての傍若無人さは垣間も見えず、如何にもへりくだった様で廊下を渡り、師の蟄《ちっ》居《きょ》③前で入室の許可を質《ただ》した。

その頃高齢になった照恵は横になっていることが多かった。床の中でその声を聞いた照恵は、びっくりして起き上がった。

「お師匠様！　お加減は如何でしょうか」

「豸、豸恵、一体……」

「漸く修行も成満《じょうまん》④いたしたところに、お師匠様の四大不調⑤のことが風の便りで少僧⑥の下に伝わりました。遠く離れた駿河の片隅で修行中の少僧に伝わりましたのもみ仏のお導き。心配でならず取るものも取り敢えずただ今駆け戻りました」

深々と頭を下げる豸恵であった。

「成満？」

「そう、何か？」

「お前は叡山を僅か半月で破門され」

「その通りでございます。少僧実に未熟でした。自らの至らなさを省みることなく、あまつさえお師匠様をお怨みまでし、寺に迷惑をかけたまま出奔いたしました。しかしこの二十年、一人旅をし、各地の名刹名僧を訪ねて教えを乞ううちに、自らの驕《おご》りを深く自覚し、お師匠から頂きましたご恩に対し、何という罰当たりな所業を繰り返してきたのだろうかと、痛惜《せき》の念に駆られる日々を過ごしておりました。そこにお師匠様病の知らせがもたらされ、お会いする顔もないところでしたが、一目お加減をお伺いしたく恥を忍んで参上いたしました」

「なんと、それはまことの心か？」

「これまでの少僧の所業ゆえそう思われるのも無理はございません。もしお許しいただけるならば、せめて数日の間でもご介護をと、甘い考えも持ってまいりましたが、これまでの少僧からはそれが許されるわけもございません。床より身を起こされますお師匠様のお姿を見ることができましたことだけでも、この至らぬ豸恵、幸せ者です。お師匠様、どうぞ御身ご大事になさってください。では」

そう言うと豸恵は退出しようと立ち上がった。

「まて、豸恵、よくそこまで懺悔《さんげ》⑦の修行を積んだ。ここはお前の寺。これからは治恵と共にさらに修行をしてくれ」

「ではお師匠様、少僧をお許しくださいますか」

「修行の疲れをゆっくりと取るがよい」

その日から豸恵はまさに人が変わったようにまめまめしく師に尽くした。数日を経ぬうちに、師の照恵ばかりか、弟弟子の治恵も豸恵が放浪の修行を経て、人の道の厳しさを悟り、正道を歩むようになったと安堵したものだった。

豸恵が戻って凡そひと月が過ぎた。高齢の照恵の容体は皆の介護にも拘らずゆっくりと悪化していった。ある日照恵は豸恵を蟄居に呼んだ。

「このひと月、お前の所作をよく見させてもらった。真実ま人間になって戻って来てくれた。わしももう長くはない。昨夜治恵とも話したのだが、やはりお前が兄弟子、この寺の住持になってもらえぬか？」

「少僧にその資格は……」

「長幼の序は世の倣《なら》い。まだこの寺も准定額寺になって日は浅い。治恵と二人、力を合わせその名に相応しい寺にしてほしい。そして衆生済度《しゅじょうさいど》⑧の道を歩んでくれ」

「少僧には荷が重すぎます」

「いや、その心こそ至誠心《しじょうしん》⑨。お前なら大丈夫だ。先のない私の心を汲んでおくれ」

「そこまでおっしゃられますのなら未熟者の少僧ではございますが、お師匠様のお心にお任せさせていただきます」

そのまま師の蟄居の床に頭を擦りつける豸恵であった。床の上の顔は誰にも見えなかった。

豸恵は師の蟄居を下がると、そのまま治恵の居室を訪ねた。

「今、お師匠様より住持になってほしいと言われた。それを受けられる立場ではないが、『長幼の序』という病の師の言は重い。少僧が住持になっても、この寺も、貴僧⑩

の立場も何も変わるものではない。いやこの二十年、寺を守ってくれた貴僧の立場は少僧よりもずっと強いもの。どうだろう、師の心を鑑《かんが》みて、貴僧も少僧と共にこの寺を守ってはくれぬか」

「兄弟子が先を行くのは自然の成り立ち。昨夜お師匠様よりその旨伺いました。お師匠様のお言葉に異論あろうはずもございません」

「そうか、では形だけでよいからここにお前の法名を記してくれ。一族皆絶えた少僧ではあるが、せめて父、母の塚⑪の前にこれを捧げたい」

いつ用意したのであろうか、戒定寺後住に豸恵を指名することへの同意文を豸恵は広げた。塚の前という言葉に感銘を受けた治恵は、深く考えもせずその場で法名を記した。

（註）

①梵語＝サンスクリット語。倶舎、唯識、法華、浄土＝仏教の教えの各派。

②法華八講＝法華経八巻を一巻ずつ講義読経する盛大な儀式。特に平安時代に上流貴族の間で盛んに行われた。講師は講義説教する導師のこと。

③蟄居＝居室のこと。

④成満＝何事か円満に成就したことを指す仏教用語。

⑤四大不調＝四大とは地、水、火、風の四元素のこと。人の体もこの四元素からなり、病気はそれらの調和が崩れたときに起こるとみなされ、病気の状態のことを四大不調という。
⑥少僧＝僧侶が自らをへりくだっていう言い方。
⑦懺悔＝仏教では「さんげ」と濁らずに読む。
⑧衆生済度＝苦の世界に迷う衆生（人々）を救い、悟りの世界へ導くこと。
⑨至誠心＝誠心誠意敬う心。
⑩貴僧＝僧侶が相手の僧を敬って呼ぶ呼び方。
⑪塚＝墓のこと。

（五）

翌朝、豸恵は嘗てのように足音を喧《やかま》しく立てて師の蟄居を訪れた。

「いつまで朝寝なさるおつもりかな」

「豸、豸恵、一体」

「ここは住持の蟄居。速やかに出てもらおう」

豸恵の銅鑼声《どらごえ》を聞きつけて治恵も駆けつけた。

「兄弟子、確かにここは住持の蟄居。しかし、つい昨日までお師匠様はここの住持様。しかも病のお体ではないか」

「ふふ、しかし今はおれが住持。おれは曲がったことは嫌いだ。ここが住持の蟄居なら住持が住まいするのは当然」

「しかし昨日、これまでと何ら変わることはないと申されたではないか」

「まだそんなことを言っているのか。何を欲しがっているのだ、治恵」

破れるような大声と共に、恐ろしい目つきで豸恵は治恵を睨《にら》みつけた。

「お前はどうしてそのようなものの考え方しかできぬのだ」

「お師匠、いや、お前と論議するつもりはない。お前たちの、寺をないがしろにし、

「何を修行もせぬ腐った性根が許せぬのだ」

いつの間にか豸恵の口調は「師匠」から「お前」に変わっていた。しかし照恵は呆《あき》れ果てたのかそれを叱責しようともしなかった。

「嘗て、わしは叡峰に登るや壱千日の叡峰巡りを申し出た。しかし長臈《ちょうろう》①とやらが言うには、壱拾年壱千日、誰もができることではないと即座にわしを却下しおった。それでわしは腐り切った叡山を半月で下山してやった」

「何を埒《らち》もない絵空事を」

「埒もないですと？　たとえほけほけしい②老爺とはいえ許せぬ雑言《ぞうごん》」

「しからば聞く。下山した後、ここに戻ってからお前は何をした」

「修行のためだ」

「修行？　什物を盗み出すことが修行か」

「なんとお前、物欲の塊、執着の極み。情けない。一人真実の修行をするには何かとまず必要。『よしなしごと』③にも出ておろうが。まあそれはよい。欲の深い者にはわしの真情、決して理解できまい。

わしはその後再び叡峰に戻った。しかし、中堂でも西塔でも東塔でもない。黒谷の奥深く、未だ人どころか獣も足を踏み入れたことのない奥の奥に、辛うじて雨露のみ凌《しの》げる粗末な方丈を手ずから建て、その日より壱千日の叡峰巡りを始めた。

一年壱百日なんぞという手緩《ぬる》いことは小児の業。休むことなく壱千日ぶっ続けの修行に入った。そして三年後、叡峰巡りを成満するや、今度は那智の滝壱千日行成満。休むことなく不二の峯壱千日行脚に入り、それも難なく成満。あと残すは天竺に経を求めることのみ。

ただ、お前や治恵の奸計④で、官許⑤は得られなかった。そこで一計を案じ、越後より秘かに加羅に渡り、唐を経て天竺⑥に向かったのが十歳前のこと。玄奘法師二十年かかったことを、僅か壱十年で達成。

梵語、悉曇《しったん》はもとより唯識、倶舎⑦、顕密《けんみつ》⑧すべて成満したこの豸恵が、お前らが名誉ばかり欲しがって台なしにしたこの寺を再興する。お前は角部屋にでも行って安心して休まれい。後はすべてわしがやる」

「何を世迷いごとを申すか。何故そのような考えしか持てぬのだ」

「わしがこの寺の正住持。天竺帰りの豸恵法師」

その時、照恵は得体の知れぬ者の姿を認めた。

「これ、豸恵、お前の後ろに控えておるのは誰だ？」

いつの間にか豸恵の後ろには一人の女が控えていた。

「お前、まだほけほけしゅうはなっておられぬな。いや、女性《にょしょう》にだけは目が早いと言うべきか。お前、未だ色欲からは抜け出せんようだの。ふっふっふ」

豸恵はその風体に相応しい下卑《げび》た笑いを漏らした。師は呆れ果てたように目をつぶった。

「この見目形、比類なき女性こそ実仞《みじん》の命婦《みょうぶ》と申しましてな。この寺に籠山《ろうざん》[9]し念仏三昧を少僧の導師にて勤めたいとのこと」

「何ということを……」

「そう、有難いことです。信心ある者を導く。これ三界[10]の導師の極致というもの」

「戯《たわ》け者が。その目を見よ。これ以上ない賤しさが籠もっている。即刻下山させよ」

「一体誰に物申されているのかな。お前。この女性こそ――」

形の悪い眉を逆立て、怒り心を隠そうともしない実仞におもねるように豸恵は続けようとする。それを照恵は遮って、

「今やこの寺は准定額寺」

「准定額寺？　増上慢《ぞうじょうまん》[11]の前住持と、おもねり小僧の治恵の考えそうなことよ。名ばかりとって、救いを求める衆生を追い返すとは何たる末法」

「何を申す。筋道を通せと」

「何が筋か。筋とは即仏法。求める者を救うのが仏の慈悲。筋というもの。衆生をないがしろにして、木を植え池を築き、経も読まずに雑本を集めては贅沢三昧。三昧の意味が違うわ。凡夫を誑《たぶら》かせても、修行三昧、読経三昧のこの豸恵は騙《だま》せませんぞ。

これからは本邦唯一の渡天修行成満僧、この豸恵に一切任せていただきましょう。衆生を見放す売僧《まいす》⑫には即刻出てもらうところだが、わしは慈悲深い僧。準備も要るだろうから、暫く時間はあげよう。速やかに寺を出る用意をしていただこう」

豸恵の連れて来た女は不気味な雰囲気を漂わせていた。寝腫れたような妙に弛《ゆる》んだ顔に、目だけを何かを窺《うかが》うようにぎょろりとさせて、室内を無遠慮に見まわしている。しかもその目には何の感情も見えない。

どす黒く、腐敗した汚物の溜めに引き入れられそうな、相対する者に醜悪としか言えないような感情を抱かせる、恐ろしい目をしていた。髪の毛は薄く、髢《かもじ》⑬を入れているにも拘らず、それが合っていないため尖《とが》った頭が目立っている。

鉄漿《かね》⑭を嵌《は》めてもなお目立つ乱杭歯《らんぐいば》⑮を隠しもせず大開きにして、人を小ばかにした笑いを浮かべるのが如何にも下種《げす》に見える。体つきは醜く肥満し、細く色の薄い髪を辛うじて腰まで垂らしている様は、使い古した払子《ほっす》⑯のすり減った毛が垂れているようで、滑稽《こっけい》と言うよりも、哀れを誘うようだった。

（註）

①長臈＝修行を積み寺の中に於ける高位の僧侶。

②ほけほけしい＝ひどくぼけていること。

③よしなしごと＝『堤中納言物語』の一つ。浄土宗第七祖聖冏の作と言われる。本作とは時代は合わない。
④奸計＝姦計とも。主家を滅ぼしたり、友人を売ったりするような悪だくみ。
⑤官許＝公の許可。
⑥加羅、唐、天竺＝朝鮮、中国、インド。
⑦梵語、悉曇、唯識、倶舎＝前出38頁註①参照。
⑧顕密＝顕教（浄土、禅等秘密のない教え）と密教（秘密教）のこと。
⑨籠山＝寺に籠もって修行すること。
⑩三界＝欲界、色界《しき》、無色界という衆生の住む全世界。
⑪増上慢＝覚ってもいないし、実力もないのに、悟り実力があると過信すること。
⑫売僧＝金銭にしか目のない悪徳の僧。
⑬髢＝髪の毛を豊かに見せるように中に入れる毛髪。入れ毛、入れ髪。
⑭鉄漿＝おはぐろ。
⑮乱杭歯＝歯並びの悪い歯。
⑯払子＝仏事法要の時に大導師が開始・終了の折に振る馬の毛のついた棒状のもの。

（六）

実仞《みじん》は駿河の大井川のある渡しの船宿に生まれた。実際には船宿とは名ばかりの、旅人を脅して駄賃を強要したり、大水の折に行人から法外な宿賃を強要したりする、虎落《もがり》が生業《なりわい》であった。

父は飲んだくれで、実仞もその弟もまだ幼い時に泥酔して川に嵌まって死んだ。酒のせいで、いつも焦点の定まらない目つきをしていたが、娘が幼い時から同じような定まらない目つきをしていたので、それが酒だけのせいでないことは知れた。実際実仞は、やり手まがいに河遊女を駆使する母を手伝い始めてすぐ、食いっぱぐれの強面《こわもて》を雇い、それを操って母親以上の冷酷さで、遊女も船頭も人と思わず家畜の如く扱う術を身に着けた。だから決して目つきの通り呆けていたわけではなかった。

実仞は父母に似て器量は芳しくなかった。どこがと言うよりも、やはり父親似のその目つきが一番顔をだらしなく見せていた。それゆえ器量のいい娘が生家の零落によって、身を落として雇われた時は、口にはできないほど残忍な仕打ちをして、死ぬほど虐め抜いたこともたびたびあった。

宿には川を渡る怪しげな薬師や放浪の遊女も足を止めた。遠い都や、猿も住まないような深山から旅をして来たそのような職能の者たちから、川縁《べり》から一歩も出たことのない父や母からは聞くこともできなかった都の話や大きな港の話など、飯盛りをしながら聞くこともあった。

それは薄汚い旅人の相手をしたり、折あらば怠けようとする船頭たちや女たちを怒鳴り散らしたりしながら、やっと生活の糧を得る日々の生活の中でのたった一つの楽しみだった。

時には宿場のどこやらで急病の者が出たと言っては、薬師が出向いたり、どこぞでやり手がうなされたと言っては、遊女が巫女《みこ》衣に着替えて祈禱《きとう》に行ったりすることがあった。

そんな時、実仞は道案内を口実に必ずついて行って、薬師や遊女らの作法を、独特の焦点の定まらぬ、その素性を知らぬ者の目から見れば呆けたとも見える目でじっと見ていた。その一見愚鈍に見える眼差しこそが、薬師や遊女を油断させ、結果的にその薬の調合、祈禱の秘伝を悉く実仞に授けることになった。

嫌いな使用人や、長雨に止められ実仞に苛々《いらいら》をぶつける客に、自分で調合した薬草を少しずつ食事に混ぜて食べさせ、その効き目を試してもみた。そして十代の終わりには、人を殺《あや》める一歩手前までの薬の製法と、その解毒薬の調合を習得していた。

また、宿に原因不明の病の者が出た時には、手製の巫女衣まがいの着物を身に着け、迫真の身振りで御幣もどきを大振りに振って、うろ覚えに覚えた遊女巫女の文言を鬼気迫る形相で唱え、その迫力でもってか、なんと回復させてしまったこともあった。

しかし、そんな術をいくら身に着けたところで、実仂が夢に描くような未来は船宿にはなかった。何としても都に上りたい。どんな下働きでもいい、下種どもには考えることもないだろう内裏に上りたい。

そうなれば、自分の才覚で必ずのし上がり、美しい衣を身に着け、歌に舞に囲まれた夢のような毎日を必ず送れるようになる。そんな大胆な夢を描いていた。

その頃現れたのが豸恵だった。旅に疲れ果てた、ただの乞食坊主としか見えなかったが、言われる前にどこで工面したのやら、頭陀袋《ずだぶくろ》①からなんと白米を出すので、一夜の宿を貸すことにした。

暫く面白い客もいなかったので、乞食坊主から諸国の胡散《うさん》臭い話でも聞いてやるかと、実仂が飯盛りにつくと、馬鹿面はしていたが、食事の仕方をはじめ、身に着いた立居は決してその陰険な目つきや、ぼろ衣ほど賤しくはなく、嘗ては真っ当な育ちの中にいたことを感じさせた。

言葉巧みにその来し方を尋ねるまでもなく、乞食坊主は、生まれは下級とはいえ官職に就いていた家の出。父を早く亡くし、寺に入った。官寺ではないが京の都の有数の寺の長臈で、老住職存命の間、乞うて諸国行脚修行を願い、旅に出たのが弐十年前のこと。漸く所期の目的すべて成満し、是から都に戻るところと語った。

船宿暮らしの憂さ晴らしに、一体どんなところを行脚したのかと実仞が問いかけると、若い娘が本気で話を聞いてくれたと喜んだのだろう、例の如く叡峰三年、しかもお山の甘い修行に飽き足らずぶっ続けの壱千日を成満。秘密修行ゆえ、入山、行脚に黄金《くがね》十枚を費やす。続いて那智に壱千日、これには砂金十袋。霊峰不二壱千日に白銀八枚、その後休むことなく越後の津より加羅国に渡り唐天竺を経巡りこのたび帰国。それにはなんと黄金五十枚もかかった云々、旅に相当苦労したのだろう、修行の中身よりも銭勘定の話ばかりをする。

もとより実仞は豸恵の与太話などこれっぽっちも信用してはいなかったが、乞食暮らしの苦労をしたことだけは、その財宝への執着振りから理解した。これまで赤貧同様の暮らしをしてきた実仞もまうけ②には異常な執着心があった。それと同様の執着心をあからさまに見せる豸恵に、実仞は自分と同質の人間であることを見抜いた。

振る舞いの端々には、幼い頃は少なくとも実仞よりは遥かに良い暮らしをしていたのが見受けられる。しかしこの売僧③の本性は、そんな育ちからは窺い知れない底知れぬ吝嗇《りんしょく》、と言うよりも銭の亡者である。その賤しさに却って実仞は魅《ひ》かれた。

そう思いつつ、例の焦点の定まらぬとろんとした瞳でじっと豸恵の目を覗き込みながら話を聞く実仞に、このような性格からこれまで一度として女に相手にされたことがなかったのであろう、豸恵はこんなにも若い女性に懸想《けそう》④されたと大きな勘違いをしたようだった。

「おれも都に戻れば大寺の跡取り。今はこんな身でも、帰山の暁には、道中乞食坊主と揶揄《やゆ》⑤した者どもすべてに堕地獄の罰を与えてやる」

「そんな大法螺《ぼら》吹いて、何かその証《あかし》でもあるのかい」

「見て驚くな、ほれ」

豸恵は頭陀袋から油紙に包まれた文書らしき物を見せた。

「何だい、それは」

「おれが戒定寺の長臈の証。つまり跡取りということのな」

「どれどれ、見せてごらん」

「見せてごらんって、お前真名読めるのか？」

「ふん、この仕事をしていれば、宿賃踏み倒す、食い逃げする、そんなごろつきばかり。字ぐらい読めずしてどうやって切り盛りする。さ、お見せ。なに、叡峰登山願状⑥。『豸恵　乞右延暦寺末戒定寺徒弟長臈比叡山登山　戒定寺主　権律師　照恵』。ふーむ、どこでこれを手に入れた？」

「何を言うか、この端女《はしため》⑦。叡峰に登れるのは許された寺の一番弟子のみ。その証がこれだ。おれはここにある戒定寺の長臈」

「しかし先ほどのお前の話では叡山には入らなかったのであろう」

「そうよ。あんな大甘な修行、修行ではなくままごと。おれは本物の修行をしてきたのだ」

「それでは何だ、御坊この証とやらを見せては、方々の寺にたかったというわけだな」

「たかりとは何だ。わしは戒定寺の長臈――」

「分かった、分かった。そう大声を出すな。良い話をしてくれた。おれも都や、唐、天竺に行ったような気がした。これはおれからの礼だ」

　実仞は一瓶子《へいじ》の酒を豸恵に差し出した。その扱いに豸恵はまた有頂天になった。目の前の実仞が喩《たと》えようもなく美しい、貴《あて》やかな⑧女に見えた。実仞はこの乞食坊主が自分に一目惚《ぼ》れをしたことが手に取るように分かった。

　都落ちした怪しげな公卿もどきや、底が知れていることも気づかず、羽振りの良い都の商人面をして実仞を旅の慰みものにしようとする騙《かた》りの連中に比べると、この豸恵はずっと御しやすく、また使い道があるように思えた。

　寺の納所を守ってやるとでも言って潜り込めば、あとは何とでもなろう。こいつの言うように、でかい寺というなら、それを利用して内裏への出入りの道も見つかるかもしれない。

　もしこいつの言うことがでたらめだったとしても、寺の本尊、什物を売り払ってそれを元手に立ち回れば何とでもなろう。この頭の悪い売僧にしては、どうやって捏《こ》ね繰り出したか、唐天竺の大法螺もどこかに使い道があるはず、実仭はそう計算した。

実仭の決断は早かった。翌日には豸恵と夫婦気取りで船宿を出奔し、文字通り手に手を取って都に向かった。豸恵は女の手がこれほどに柔らかいものかとまたしても有頂天になった。

寺の山門を見て、実仭は豸恵の言葉が嘘でないことを知った。そしてそれを知るや、大井川の生家を出奔した時と同様その行動は素早かった。この寺を何としても手に入れなくてはと思うと、すぐさま年老いた住持を隠居させるべく豸恵の尻を叩いた。口ばかりで度胸のない豸恵であったが、その度胸のなさを豸恵の欲の深さは上回っていた。だから実仭はそこをついて、住持の爺《じじい》はどうせそう長くはない。豸恵が直ちに跡を継ぎ、寺に集まる僧俗から慕われているという治恵を追い出せば、あとは何のことはないと唆《そそのか》した。

もとより住持という座に憧《あこが》れていた豸恵はすぐその奸計に乗った。欲は豸恵の何にも勝る力であった。乞食旅を経た風体の凄味《すごみ》もあった。豸恵は実仭の言う通りに、最初は改心した振りをし、いかにも従順に振る舞った。

その間実仭は道も知らぬ都にも拘らずどこに居を定めたのか、姿を全く見せなかった。柄にもない従順さを装う豸恵にしてみると、実仞だけが頼りだったのに、一人きりで心細いこと限りなかった。実際このまま所化《しょけ》⑨で終わり、治恵にこき使われるのではないかとはらはらし通しだった。本来なら見せかけとはいえそんな素直そうな振りの三日と続く豸恵ではなかったが、その三日目にくず野菜売りの下《げ》種《す》女《おんな》⑩が納所に顔を出し、豸恵にそっと隠し文を渡した。陰で広げてみると、そこには『そのまま続けろ。じきに住持をお前に譲るようになる。決して本音を見せるな。おれはいつでも陰で見ているから安心しろ』と実仞からの読みづらい文字が並べられていた。

　実仞の文に力を得た豸恵は、一層人が変わり、真人間になった振りに努めた。実仞から好かれているという誤解と、寺を乗っ取るという豸恵本来の強欲が相乗効果をもたらしたと言える。愚鈍な豸恵ではあったが、懸命に装うその純な小僧振りは、そのぎこちなさゆえ却って傍《はた》からは偽りには見えなかった。

　大甘の師匠はたちまちころりと騙された。実仞の思惑通り、時を置かずして師匠照恵は住持の座を豸恵に譲った。豸恵が直ちに本音を現したのは前述の通り。

（註）

①頭陀袋＝僧侶が経巻、僧具、布施物等を入れて首に掛けて持ち運ぶ袋。

②まうけ＝儲《もう》け。

③売僧＝45頁註⑫参照。
④懸想＝異性を恋い慕うこと。
⑤揶揄＝からかうこと。
⑥叡峰登山願状……＝叡峰登山（比叡山延暦寺に入ること）願い状。右豸恵は延暦寺末寺（延暦寺に属する寺）の戒定寺の徒弟長臈であるが、比叡山延暦寺に修行のために入山（寺の中に入る）の認可を乞う。（豸恵の師僧である）戒定寺住職　権律師《ごんのりっし》（僧侶の階級）照恵。
⑦端女＝下女。
⑧貴やか＝貴《あて》は身分が高い、高貴だの意。貴やかは貴《あて》から派生した語で、上品で優雅なさまを表す。
⑨所化＝寺の中の、何の身分の保証もない小僧。
⑩下種女＝下働きの女。

（七）

臥《ふ》せる師の枕もとで、豸恵の雑言にじっと耐えていた治恵も、自身に向けられる実仭の無遠慮でしかも焦点の定まらぬ目の中に、人を人とも思わぬ悪意のみが露骨に示されていることに、背筋が寒くなる思いがした。

治恵は即座にこの寺は破壊されると感じた。しかし、既に豸恵はこの寺の住持。今さら為す術《すべ》もないことも了解していた。

「それではお前、後のことはこのおべっか使いの治恵と早急に始末なされるがよい」

言いたいだけ言うと、横たわる照恵をそのままに、豸恵は実仭と共に蟄居の造作を変え始めた。恐ろしいことには、実仭は照恵枕頭《ちんとう》の浄土の教えの三部妙典《みょうてん》①まで放り投げたのだった。

「何をする！」

とっさに声を上げた治恵であった。

「治恵、どなたに向かっての言葉だ！」

あまりにも極端な豸恵の変わりように、治恵はその後一言もなかった。ただただこのひと月、偽りの日々を送っていた豸恵の本性を見抜けなかったこと、いや、本来の性根は全く変わりようもないということに考えも及ばなかったことを悔いるばかりだった。自らのことよりも、ひたすら仏道に精進してきた師匠が、このように扱われることになったことが気の毒でならなかった。

しかし豸恵と実仞の無礼は病の身には耐え難かったのだろう、照恵はそれから日を置かず急逝してしまった。

師照恵の葬儀は直ちに執り行われた。既に住持となった豸恵がそれを大衆に知らしめるべく遺弟《ゆいてい》②の座に就いた。

しかも一日の参籠③のはずだった実仞が納所頭として、内室《ないしつ》④を一切取り仕切っていたのだ。葬儀の間中読経を打ち消すかのような大声で、納所の下男、下女らを怒鳴りつける金切り声が絶え間なく聞こえていた。

読経の邪魔をされた堂内の照恵信奉の上下の善男子、善女人皆悉く顔を顰《しか》めていたが、豸恵は心良き梵唄《ぼんばい》⑤を聞くかの如き顔で平然としていた。

慌ただしく葬儀を済ますと、豸恵は豸隗《ちかい》ら小僧に遺骸を穴に放り込むかのように埋葬させ、自身は堂内の大檀那に説法を始めた。大檀那には、則光の親はじめ中位の殿上人が多かったが、そこにいるはずの治恵の親は招かれていなかった。

「凡僧ならば十年かかる叡峰巡りの荒行を三年で成満。間を置かず那智壱千日成満、そのまま霊峰不二登山行を三年壱千日。その後休むことなく天竺に渡り、悉曇、倶舎、唯識を完璧に修めること十年。万金を積んでの修行を、当時ただ一人少僧を助法してくれた檀那、今この戒定寺の納所を預かる実仞の命婦の寄進にて完遂成満。ここに勇躍この准定額寺に唯一相応しい僧となって帰山した。今後この戒定精舎主《かいじょうしょうじゃしゅ》⑥と呼ばれるのは少僧のみ。ここにいる治恵は先代の徒弟というだけの人間、爾後《じご》当山とは一切無関係、そのことをしかと御承知おき賜りたい」

　一方的に述べるばかりでなく、いちいちに掛かりのことを述べる豸恵に、列席した者は皆あっけにとられたが、天竺での修行成満と言われれば、何人も異を唱えることはできなかった。

「これからは、今までとは異なり、仏法流布の根本道場の寺として、説法、読誦、祈願に専心する」

　と続けた時には、集まった人々もそれなりに安堵の息を漏らしたが、次いで、

「前住照恵は、木を植え、池を作り、童を集めて境内で遊ばせたりと布教もせず一生を遊んで無為に過ごし、寺を荒廃させた……」

　と、とどまることなく師照恵の悪口を言い続けた。堂内の人々は、この場この時に何ということを、と思ったが、豸恵が住持とあればそれを口に出すことは憚られ、話の途中三々五々退出をするのがせいぜいで、家門の弥栄《いやさか》のための加持祈禱を厳修《ごんしゅう》⑦してくれる寺の住持に異を唱えることはできなかった。豸恵にしてみれば、反論せぬ檀

那たちの態度は新住⑧を承認したものと認識せしめるものであった。

　その日の夕刻、豸隗という名で豸恵、実仞に呼ばれている目つきの如何にも狡《ずる》そうな輩が、住持が所要あるといって、治恵を呼びに来た。

　豸恵は住持になるとすぐに、どこから拾ってきたのか、得体の知れない男どもを数名集めて頭を丸めさせ、それを弟子と称し、——照恵はたった二人しか弟子を育てられなかったが、おれは既に五人の弟子を持っている、と嘯《うそぶ》いた。その五人の一番年嵩《かさ》の男が豸隗だった。豸隗は実仞が京に上ったばかりに知り合った女の兄と、寺男が治恵に話していた。

　仕方なしに治恵は豸恵の下に行った。豸恵は前住照恵の蟄居方丈に、既に多年を過ごした住職面をして座していた。しかもその横に実仞がいた。一瞬治恵は不快な表情を見せた。それを見逃さず、豸恵は治恵を罵《のの》り始めた。

　破戒僧⑨の照恵に言葉巧みに取り入り、寺をただただ疲弊させた。倶舎も真に修めず説教をするという破戒行為を平然とし続けた、実仞に対する口にも出せぬ悪口を広めた云々と、いつまでも罵倒し続けた。豸恵と共に上座に座す実仞は一言も返せず下を向く治恵を、口元を歪《ゆが》めながら嬉しそうに見ていた。そして豸恵は最後通牒の如く治恵に告げた。

「この寺に居たいなら、おれの弟子となれ。お前の立場は豸隗、豸惨《ちさん》、豸藤《ちとう》はじめ今いる五人の弟子の当然下になる。おれが白いものを黒と言ったら、一も二もなく黒と答える。それがおれの弟子だ。どうだ、約すか?」

翌日払暁《ふつぎょう》、治恵は戒定寺を出た。則光は除目地《じもくち》⑩の土佐に立ち、頼信、方弘はそれぞれの役に服し、助元は怜人としてのお役が忙しくなっていた。

（註）

①三部妙典＝浄土教の根幹となる経典。『無量寿経』『観無量寿経』『阿弥陀経』の三部を言う。

②遺弟＝喪主に当たる僧侶。寺の後継者と見做《な》される。

③参籠＝寺に籠もって修行すること。

④内室＝この場合、寺の納所（24頁註③参照）を預かる場所の意。

⑤梵唄＝声明《しょうみょう》の一種。仏徳を讃嘆するために、梵語または漢文の偈頌《げじゅ》を唱詠するもの。

⑥戒定精舎主＝精舎は寺のこと。この場合戒定寺住職のこと。

⑦厳修＝法務を正しく勤めること。

⑧新住＝新住職。

⑨破戒僧＝破戒とは堕落し戒律を守らないこと。破戒僧とは堕落して戒を守らない僧侶のこと。

⑩除目地＝除目は大臣以外の諸官職を任命すること。除目地はその赴任先。

（八）

照恵も治恵もいなくなった寺はすっかり変わり果てた。ある日蟄居で実切は酒を飲みながら豸恵に語りかけた。

「お前、この寺の周りは二位、三位はじめ御青雲[1]の方々ばかり」

「してそれがどうした。檀那にでもなってくれると言うのか」

「そればかりがまうけの道ではない」

「なに、儲けと？」

儲けるという言葉に豸恵は耳をそばだてた。

「お前はまうけの話になると、色めき立つのう。本に生臭」

「それこそお前に教えてもらったこと」

「何を仰りますやら。四六時中きぬだ、くがねだとまうけのことばかり言う生臭が」

「生臭はよせ」

「その黄金、白銀、きぬ、稲束への執着が頼もしい。治恵のようにきれいごとを並べ立て、汚《けが》らわしいものを見るように妾《わらわ》を見下す糞《くそ》坊主には反吐《へど》が出るわ」

「だから追い出してやった」

「それだけでご満足か?」

「満足かとは?」

「この辺り、事あるにつけ牛車が雪隠《せっちん》詰め。殊に除目が近づけば「わしの居室にまで舎人どもの牛車を止めようと場所取りをする大声が聞こえて来るわ」

「それをただ見ておる気か?」

「ただとは?」

「この広い境内。どうして活かさぬ」

「なんと?」

「銭に汚いくせに頭は回らぬ石頭」

「言うな！　照恵にいつもそう言われたわ。治恵も少しばかり諳《そら》んずることに長けているからと、いつも人を小馬鹿にするような顔をして。だからすぐさま追い出したのだ」

「まあまあ師匠をそんな風に呼ぶなんて」

「お前もいつも呼び捨てではないか」

「ふん、あの照恵も治恵の師。おれを蔑《さげす》みおって」

「すぐに『妾』から『おれ』か。恐ろしい女性よの」

「やかましい。つべこべ言うな、この石頭。それよりこの境内」

「そうそう、それよ」

「まだ分からぬのか。ほんに石頭」

「もうそれはやめてくれ」

「お前が話の腰を折るからだ。だからな、貧乏公家が二位、三位らを訪ねている間、牛車をこの境内に止めさせるのよ」

「なんと、だが境内には木が」

「どれもこれも悉く照恵とあの糞治恵が植えたものとやら」

「切り倒すとでも言うのか」

「ならば手入れもいらず――」

「その掛かりも浮くか」

「それよ。な、如何《どう》だ？」

「しかし、切るのも稲束②だ」

「一合を惜しんで、くがねを失う気か？　この石頭」

「黄金《くがね》？」

　黄金の一言に、実仞の口から発せられた蔑称も耳に入らず、すぐさま豸恵は行動に移った。

だがそこは斉嗇の豸恵。園人は駄賃が掛かると、俄《にわか》小僧と仕事にあぶれた杣人《そまびと》③を集め、境内中の木という木を新芽も含め一本残らず切り倒し、根も二度と芽を出さぬよう抜き取った。

切り倒した木は、細かく焚き物用に積み、余ったものは小僧に命じ売らせようとすると、杣人たちが欲しいと言うので、粗朶《そだ》④を駄賃にした。勿論それは実仞の入れ知恵である。

さて、網代《あじろ》⑤を止める場所はできたが、そこは根を引き抜いた穴だらけである。土を持ってくるにも稲束がいると豸恵が頭を抱えると、

「お前、何を悩む。石頭は考えるだけ無駄。良い方法があるではないか」

と実仞。

「良い方法とは？」

「塀を壊してその瓦土を埋めればよい」

「塀を壊すだと？」

「そうよ」

「しかし、それは……」

「この石頭、ほんに石の詰まった石頭よな。塀を壊さず一体どこから牛車を入れる？」

「それは、大門から」

「痴《し》れ者が」

「痴れ者とは何だ」

「痴れ者だから痴れ者と言っただけ。やっと牛車が通れる門からどうやって一度に出入りする」

「出入り？」

「そうよ、用に来た牛車は迎えるまでここに車を止める。そして用が済み迎えに行く車はここを出る。それが同時になったらどうする？　いや、いつだって出入りが一緒のはずだ」

「ふむ、しかり。しかし、夜は物騒」

「そのためにあの穀潰《ごくつぶ》しの有象無象《うぞうむぞう》を小僧と名乗らせているのではないか。おれが、切り倒した木の一握りくらいの太さの枝を十本ばかり取っておけと言っただろう、あれは夜回りの小僧に持たせる棍棒にするためのものだ」

「なるほど、妙案だ。さすが実仭」

「これくらいのこと誰でも思いつくわ。お前が石頭なだけ」

「もうよいわ」


境内がほぼ整うや、形だけ頭を丸め、怪しげな僧衣もどきを纏《まと》った豸隗、豸惨はじめ五人の小僧は樫《かし》の枝の六尺棒を錫杖《しゃくじょう》代わりに持ち、行きかう牛車に声をかけ境内に導いた。

牛車の主は、舎人どもから良き車どまりを得られたと聞き、何がしかの駄賃を払うよう命ずる。すぐにその利便さは辺りに広まり、言わずもがなに賃料も定まり、寺は一気に収入が上がるようになった。

実例の算用はそれでとどまることはなかった。牛車の出入りだけで五人の穀潰しはいらぬと、導き手は一人に任せ、残り四人に牛車の泥落としをさせた。

暫くして、今のままでは雨の日には境内の泥濘《でいねい》のせいで、せっかく泥落としをした網代に再び泥がついてしまうと、再度杣人たちを呼び寄せて転がしておいた塀の土台の石を、豸隗らと共に境内に敷き詰めた。どうせ大路小路は一雨くれば泥濘になるのだが、境内の中だけでもその泥が落とされると舎人や牛引きは手間が省けると大喜びであった。

それぞれの高位の邸に迎えに回った牛車がきれいになって来るのを認めた牛車の主が、戒定寺の心配りに特別な目を向けるのには、それほどの時を必要とはしなかった。

そこで豸恵は、牛車を磨く小僧たちに、

「住持様は、叡山と那智の滝、不二の峰を三千日ぶっ続けで読経行脚。その報いで十年の天竺渡航修行成満云々」

と、毎度毎度同じ文言を牛車番の舎人に向かって繰り返させた。それは牛車の主にも伝わったようだが、さすが殿上人。牛車を清浄にすることは褒めても、豸恵の思惑通りに、その来し方を真に受ける者はいなかったようだ。それゆえ、納所の潤いの次に豸恵の抱いた野望、説教の講師の命はいくら待てども下りることはなかった。どんなに口上手く小僧に喧伝《けん》させても、叡山での正規の修行未了であることは如何ともしようがなかった。

牛車を止めて米蔵が満たされると、豸恵は新たな儲け話を実切に謀った。

「おい、お前、あの伽藍の脇の車の入らない空き地に、大仏を置いたらどうだ。車賃だけでなく賽銭も入る」

「大仏？　それは大層なことを言う。どこにそんな稲束がある？」

「なにこの間だな、壊した塀の角に見栄え良く泥土を塗っておけと言っておいただろう」

「ああ、それがどうした」

「あの泥捏ね男、余った泥土で器用に人型を作りおってな。それをなんと買うていった者がいたのだ。あれに大仏を作らせる。そうすれば南都の大仏のようにうまくいけば天子だってお参りに来る」

「まあ寺のことについてはおれよりお前が知ること。だが、そんな泥捏ね男に作れるのか？」

「だからな、西蔵仏《せいぞうぶつ》⑥と触れ込むのだ。そんな形は誰も見たことがないのだから、誰もが却って感心するわ」

「その西何とかというのは何だ？」

「唐土の奥にある観世音菩薩の国だ」

「ふーん。どうせ捨て土だ。だめでもともと。やってみるか」

「な、いい考えだろう。もう寄進帳は出来ているんだ。ほれ」

「おい、もう名前が出ているじゃないか」

「ああ、昔からの檀那の新畠が筆頭になってくれた。しかも見ろ、お前。黄金十枚を太々と消して十八枚となっているだろう。十は縁起が悪いから二十にしろ、と言ったら、めをとで一晩思案してこれが一杯と言ってきた」

「十は縁起が悪いのか？」

「そんなことは知らん。もっととれそうだったから」

「ほーお。大仏というのは儲かるものだな。うまくやれよ。集められるだけ集めろ。多くて困ることはないからな」

「ああ、これでおれも堂々たる住持だ」

「ふん、堂々たる住持とな。だがおめの経読みは耳を覆いたくなるほど下手だ」

「何だその物言いは」

「ま、怒るな。だがお前のその抑揚には誰にも真似のできない、聞くに堪えないほどいやらしい、不気味さがある」

「何だと！」

「そのいやらしい不気味さ、使い道があるということよ」

「どういうことだ」

「ふん、大仏で稲束が入っても、おめが似非《えせ》住持であることに変わりはない」

「何を！」

「八講⑦をするまで上の方では誰も認めまい」

それを言われては豸恵も返す言葉もなかった。八講をやるまでは、治恵と並ぶことすら敵わないのだ。

「そのことだが、どうすればいいのだ？」

「そのことはおれに任せておけ。一石二鳥の手を使う。おめはますますいやらしさを磨いておけ。それが必ず役に立つ。おい、おめ、豸隗を呼んでくれ」

「豸隗、以前おれがここに入る前にちっとばかり世話になった屑《くず》野菜売りのおめの妹だがな……」

（註）

①青雲＝立身して高位・高官にあること。

②稲束＝当時は貨幣経済が流通せず、一般には稲束が代用されていた。

③杣人＝きこり。

④粗朶＝切り取った木の枝。

⑤網代＝網代車のことで、牛が引く。牛車と同義。

⑥西蔵仏＝チベット様式の仏像。

⑦八講＝38頁註②「法華八講」の略した言い方。

（九）

実仞は都に豸恵と上った日、帰山する豸恵と戒定寺山門前で別れ、とりあえずのねぐらを探した。実仞のような類いの者が集まる場所にはそれ相応の匂いがある。初めて上った都ではあったが、実仞は迷うことなくその地域に行った。

見当をつけて徒歩で進むうちに一人の下種女に目をつけた。案の定女は庶民の市の開かれている賑わいある通りに入って行く。通りの小物を並べた筵《むしろ》の前に人だかりがあった。その物見の客の間に下種女は入り込む。小物を見る振りをしながら隙を見て小物を手に隠す。手慣れた技で売り手の如何にも狡猾そうな男の眼にも入らなかった。ただ最初からその女に目をつけていた実仞の眼は騙せなかった。

目当てのものが無いような振りを装って女はその場所を去った。実仞は通りの外れまで女をつけた。人気が無くなった途端、実仞は女を思いっきり突き飛ばす。

「何しやがる！」

地面に顔をしたたか叩きつけた女は、起き上がりざま気丈にも怒鳴り返した。

「今盗んだもの出しな」

「な、なんだと！　おれが何をしたって言うんだ」

その言葉を待たずに実仞は再び女を蹴り上げ、馬乗りになり顔を数発殴ると、懐に手を入れる。女はその手を振り払おうともがくが、実仞は難なく懐から幾つかの品を取り出す。先ほどの店の物だけではない。

「ずいぶん稼いだな」

片方の乳をむき出しにしたまま女はふてくされて横を向く。

「さっきの店《たな》に行くか？　なかなか腕っ節の強そうな男だったな。手籠めにされるか、売られるか、どっちがいい！」

「や、やめろ！　助けてくれ！」

「ふん、さっきの剣幕はどうした」

「勘弁してくれ」

「勘弁してもいいがな。おめ、ねぐらはどこだ」

「この先、二町ばかり行ったところだ」

「このアマ、言葉に気をつけろ！」

馬乗りになったまま女の胸倉をつかんだ実仞が恫喝する。

「へえ」

「よく近くでやるな。いい度胸だ。まあいい、おめのねぐらに案内しろ。暫く厄介になる。いいな」

「へえ」

家ともいえない掘っ立て小屋だった。

「おい、こんなところをねぐらにしているのか」

「へえ」

「こりゃあ大井の渡しよりひでえな」

「え、なんで……」

「なんでもいい。おめ、ここに一人でいるのか？」

「へえ、兄が」

「兄さん今どこだ」

「さあ」

「まあいい、けえってきたら挨拶に来いと言っておけ。いずれおめたちにまうけさせてやる。あんなちっぽけな盗みじゃなくてな」

「え、それはまことで？」

既に女は実仞の手の内に入れられてしまっていた。

「ああ、任せろ。腹が減った。何か持って来い。酒もな」

掘っ立て小屋の奥、そこだけ板の敷いてある、この小屋の中では一番上等と思われる場所に、実仞はごろりと横になった。

「……屑野菜売りのおめの妹だがな」

「へい」

「この頃左大弁①の台盤《だいばん》②に出入りしているとか」

「へえ、でも台盤ではなくて、門番のところに真菜《まな》③を」

「真菜？　そんな結構なものを誰がひさいでいるというのだ？」

「へえ、まあ、畦《あぜ》道に落ちていたものを集めたり……」

「野良犬のくせに見栄をはりおって。いいか、おれがとびっきり上等な真菜を用意する。それを、左大弁の盤所《ばんどころ》④に届けよ。うぬの妹に届けさせるのだ。――いいものが手に入ったが、門番にはもったいないと思った。そう言わせよ。分かったか、それを三日に一度、暫く続けさせろ。そのうちに盤所の頭から必ず声がかかる。そうしたらおれにすぐ伝えよ。それだけの真菜を用意する、心してやらせろ。いいな、豸隗。分かったら早く行け、ぐずぐずするな！」

「へい」

「お前、一体どういうことだ。盤所に入るつもりか」

大慌てで退出する豸隗の姿が見えなくなると、豸恵が尋ねた。

「それもあるが、左大弁のところではない」

「どういうことだ」

「どうせ下働きで入るなら、もっと上のところ」

「そんなことができるのか？」

「まあ見ていろ。そのうちにまず左大弁から必ず呼ばれるようにしてやる。それよりも、その時に備えて、祈禱の稽古だ」

「そんなこと今さら」

「お前の一人勝手なあの祈禱。田舎人は騙せても、祈禱慣れしている貴やかなる者どもは欺けん」

「何だと、その言いぐさは何だ」

「それならお前、左大弁の前で堂々とやれるのか。見抜かれて叩き出されるのがおちだ。奴らは祈禱慣れしていると言ったはずだ。いいのか？」

「いや、そういうことでは。お前の言い方が……」

「やかましい、石頭のお前に講師をやらせてやろうって言ってるのだろうが。講師を一度やれば、あんな車洗いの一文稼ぎ、馬鹿馬鹿しくてやっていられなくなるわ」

「できるのか？」

「ああ、じきにやらせてやる。その前におれが台盤に入る。それからだ。何事もおれに任せておけ。おれの言う通りにやるのだ」

「分かった」

その夜から、見よう見まねで習得した祈禱に、自分なりに工夫したやり方を加えて、実仞は散丈《さんじょう》⑤の動かし方、洒水《しゃすい》器の音の立て方、水瓶の持ち方、塗香《ずこう》⑥の使い方、香の焚き方、鉦《しょう》⑦の鳴らし時、そして用いる呪文の唱え方をいちいち豸恵にやらせ、できるだけいやらしく、不気味になるよう教え込んだ。

師照恵の教えには悉く逆らい、仏器の使い方どころか、正しい読経すら習おうとしなかった豸恵だったが、黄金と講師を餌にする実仞には素直に従った。

実仞にすれば甚だしく不器用で物覚えの悪い豸恵であったが、どうせ俄《にわか》祈禱。実仞自身も本来本物は知らぬ世界のことなのだから、それらしく見えればよいと、実仞は所作についてはさほど苦にしなかった。

それよりも豸恵の気味の悪い読経の抑揚が肝要と、そちらの稽古をくどいようにやらせた。それがえせ祈禱にそれらしい効果をもたらすと確信していた。

実仞はそれに加えて、

「おめは己惚《おのぼ》れているほどの知恵はない石頭だから、祈禱の折に余計なことを話すな。ただ、『少僧の魂とその方の霊魂とで話をする。それはまさしく霊の世界のこと。少僧のような修行者にしかできぬこと。その方は目をつぶってひたすらねぶつをしておれ』とだけ言え。いいか、決して偉そうに余計なことを言うな。この文言よく心しておけ」

そうきつく言い、その文言もくどいように繰り返させた。いつの間にか悉く実仞の言いなりになっていることに豸恵は全く気づかなかった。

（註）

①左大弁＝太政官の一官名。八省を統括し、中央、地方の各役所間の連絡や文書の管理に当たった。
②台盤＝台盤所の意。台所のこと。女官の詰所を指すこともある。
③真菜＝新鮮な野菜。
④盤所＝台盤と同義。
⑤散丈、洒水器、水瓶＝仏道修行の場所（道場）を清めたり、祈禱の時に用いる仏器。
⑥塗香＝体を清めるための粉末状の香。
⑦鉦＝撞木《しゅもく》（鐘を打つ撥《ばち》の一種）で打つ平たいかね（鉦）。

（十）

豸隗の妹に上等な真菜を持たせて左大弁のところに商《あきない》に行かせて既に一か月経った。それが上首尾に行けばすべて上手くいくはずだった。

実仞とて十中十思い通りになるか不安がないとは言えなかったが、愚鈍の豸恵を信じ込ませ、自信ありげに振る舞わせるには、実仞が狼狽《うろた》えるわけにはいかなかった。口ばかりで度胸のない石頭を上手く操るには、決して弱みを見せないようにすることが一番と実仞は心得ていた。

「何の音沙汰もないではないか、お前」

「あと二日だ。必ず来る。豸隗の妹が左大弁の邸内で病が出たと大騒ぎをしていると言ってきた。心当たりの薬師、祈禱師を呼んでいるがすべてだめだったそうだ。当たり前のこと。これは天竺帰りのお前にしかできぬことだから」

「おい、何のことだ。祈禱の習いばかりさせるから妙だとは思ったのだが。八講ではないのか」

「戯《たわ》け！　何のための祈禱の修練だと思っているのだ」

「何のことだ。よく分からん」

「ふん、おれに任せておけと言っただろう。言われた通りにすればいいんだ。この石頭」

「それを言うな、その言葉が出るたび、治恵のあの人を小馬鹿にした澄まし面が目に浮かぶ。不愉快極まる」

「ここを追い出された小坊主に何ができる。今頃嵯峨《さが》の外れで餓鬼同然になって屍肉でも喰らうてるわ」

「そうか、小気味のいいことだ」

「あんな糞小僧どうでもいい。それよりもうちの穀潰し小僧どもを使って、左大弁の下女たちにおめの評判を吹き込んでおいた」

「評判？」

「唐、天竺で、最高の祈禱と、薬剤調合をすべて成満したとな。今日明日にも必ず使いが来る」

「そうか……しかし……」

「しかし何だ」

「そんなことおれにできるか？」

「おめにできるわけがなかろう」

「な、な、なんと、それではおれは」

「効くのはこの薬のみ」

　実仞は緋色の紙に包まれた一包の薬を、懐から出して豸恵に見せる。

「どういうことだ？」

「豸隗の妹の真菜売りに、この薬を混ぜた最上の真菜を待たせた。御台様にとな。まんまとそれが当たった」

「薬にか？」

「そんなところだ。おれの計略に誤りはない。二十日ばかり死ぬ苦しみをする。耐え切れなくなった時おめが尤《もっと》もらしく祈禱し、おれが手伝うフリをしてこちらの薬を飲ませる」

　実仞は懐から今度は茶色の油紙の包みを出した。

「ふむ、それで？」

「それで仕舞いだ」

「殺すのか？　それで葬儀をここでやって儲けるのか？」

「大戯《たわ》け、この石頭が。殺しては元も子もないだろう。こっちの薬を飲ませればたちどころに回復する」

「何？　それほどの効き目があるのか」

「ふん、腹痛を起こさせた雪持草《ゆきもちそう》の根を吐き出させるだけよ。都の医者面《づら》しようとも、藪《やぶ》どもにはこの秘薬分かりようもない」

「雪持草の根でそんなになるのか？」

「それを調合するのが秘伝よ」

「で、そちらのその根を吐かせる薬というのは？」

「聞いて驚くな。蟬《せみ》よ」

「蟬？」

「ああ。犬っころが舞い立つ蟬をうまそうに食っては、暫くして胃の腑のもの全部吐き戻すのを見てな。それにな、犬っころは他にも野の青草を食っては吐いている。それで蟬と青草をいろいろ調合してな」

「効くのか？」

「どちらの薬も船宿に来た連中に何度も確かめてその効き目は十分に確かめた。今頃雪持草で左大弁の嬶《かかあ》、死ぬ苦しみだ。そこにお前が行き、祈禱をした後おれがこれを飲ませる」

実仞は茶色の包みをまた示す。

「お前、これををいつも懐に携えているのか？」

「一番安全な隠し場所だ。おめ以外誰も触らんからな」

二人して下卑た笑いを浮かべる。

「お前を本気で怒らせたら大変なことになるな」

「それが分かれば石頭も大したものだ」

豸恵はそれで褒められたと思ったのか満足気に頷《うなず》いた。

実仞の予想通りだった。二日後、左大弁の家司《けいし》①が困り果てた顔をして訪ねて来た。

もし下司②でも寄越したなら、その場で追い返してやろうと思っていた実仞であったが、身なりも整った家司が牛車の前に立つのを見て、勿体ぶって参上の返事をした。

準備と称し、小半時も山門前に待たせ、苛々《いらいら》する家司に腹の底で笑いをこらえながら、実仞も同乗した。実仞を遮ろうとする家司に一言、

「無礼者！」

とだけ怒鳴りつけ、実仞は牛車の周りの舎人たちを睥睨《へいげい》するように乗り込んだ。


（註）
①家司＝公卿の家で、家政などの事務を取り扱う職。
②下司＝げす、或は「しす」と読む。身分の低い官人。

（十一）

豪壮な左大弁の邸に着くや豸恵は、御台《みだい》①の室《しつ》に通すよう家司に横柄に命じ、これまでに登ったこともない見事な室に入った。

実仞によくよく言われたように、気後れを見せぬよう、無礼ともみられるような仕草で、床に苦しむ御台の傍らに祈禱の仏器を並べ香を焚き、洒水をし、仏器を鳴らし、鈴を振る。

御台のか細い呻《うめ》き声を、豸恵の不気味な抑揚の、気味の悪い沼の底の腐った泥から湧き出す悪臭を思わせる銅鑼声が消す。小心者ゆえ、声も手も震える。それが却って不気味さを強調する。

御台はこれ以上ない苦しみの呻き声を上げる。それをかき消す気味悪い音律の経もどき。豸恵は次第に自身の薄汚い音声《おんじょう》②に酔い始める。それが不気味さを弥《いや》増す。

一体どれほど続けただろう。こめかみに太い血管を浮かべ、汗まみれになりながら、知恵のなさの強みで、真名の大半を読み間違えていることすら知らず、当人は読経しているつもりで訳の分からぬ文言をがなり続けた。

しかし御台は一向に回復の気配すら見せず、不快な音声の偽読経によって、却って重態化してきているようにすら見えた。

弱い者に対して口汚く罵ったり、怒鳴りつけたりするときは威丈高な豸恵であるが、愚か者特有の本音のところの気の小ささは隠しようもない。次第に弱々しくなる呻き声に不安が募る。

実仞にすぐさま来てくれるよう声をかけたくとも、呼びかけてよいのか聞いていなかったので、ここで呼び求めるその度胸すらない。かくなる上は、このまま不始末に終わった時どう姿を消すか、それればかり考えつつ、それでもその不安な心が不気味さに輪をかけるかのように、豸恵の銅鑼声だけが高まった。

その時であった。微かな音を立てて御簾《みす》が上がった。恭《うやうや》しく瓶子《へいし》数本《すほん》を盆に載せ捧げ持った実仞が入ってきた。その後に空桶《おけ》数個を捧げた女房が続き、その後ろに湯の入った桶、そして手拭《てのご》い大に裁断された晒《さら》しを重ね持った女房が続いた。漸く実仞が来てくれた、と安堵した豸恵には入室する実仞の姿が天女の如くに見えた。

桶、晒しを御台の脇に置かせると、実仞は予《かね》てより自らが上席であるかのように女房らに下がるよう命じた。

「御坊、少々力をお貸しくださりませぬか」

実仞はこれまで聞いたこともないかしこまった物言いをした。実仞の入室と共に読経を中断した豸恵は、実仞の硬い口調に緊張し、まるでやんごとない方を前にしたかのようにぎこちなく振る舞う。

「少僧、如何にすればよろしいのでしょうか」

「ふん、使い慣れぬ言葉を使うな」

豸恵の耳元に実仞が小声で笑いながら言う。

「お前がまるでここの女房のように言うからつい」

「ふん、そうか、それでいい。さ、御台を後ろから抱き起せ」

「このようにか」

豸恵は嬉しそうに背後から御台を起き上がらせ、なんと膝で支えた。

「は」

ほとんど意識を失いかけている御台が身の危険を感じたように小さな声を漏らす。

実仞は豸恵の剃《そ》り上げた入道頭を小気味よく音を立てて撲《なぐ》ってから、小声で叱責する。

「背を起こせと言っただけだろうに、どこに手を当てている。あさましい糞坊主が」

豸恵はさっと胸に当てた手をひっこめ肩を摑《つか》む。

「御台様、お苦しゅうございましょうが、この妙薬をお飲みくださいませ。この豸恵御法師様が天竺より請来した万病に効く仏陀の妙薬。御台様も仏果《ぶっか》③を得ましてたちどころに回復いたしましょう。では――」

返事も待たず実仞は御台の口を開け一包の薬を含ませると瓶子《へいし》の白湯を僅かばかり飲ませた。御台は苦しげに吐き出そうとするが、実仞は片手で口を押さえ、もう一方の手で喉を摩《さす》るようにする。御台が薬を飲み下すのを確認すると、実仞は暫く御台をそのまま起き上がらせたままにする。程なく御台はさらに苦しげに腹を押さえる。

「豸恵、お前さっきのように膝で御台様を支え、口を思いっきり開けろ。馬鹿、おめの口じゃない、御台様の口だ。よし」

御台の前に空の桶を置くと、実仞は無理やり大きく開けられた口に瓶子を押し込むようにして、白湯を注ぎ込む。一本終わるやすかさず他の一本を当てる。二本めが半分もいかぬうちに、御台は実仞の手を払いのけるかのように体を折り曲げると、空桶に吐き戻した。悪臭のする褐色の液体が桶に満ちた。

豸恵は後ろから支えつつぶるぶると震え上がった。しかし実仞は全く動ぜず、新たな空桶を置くと再び豸恵に御台の口を開けさせ、瓶子の白湯を注ぎ込む。今度はやや色の薄い液体を吐き戻す。そして最後の瓶子の白湯が終わった時には、御台の吐き戻すものも白湯そのものになった。御台は立て続けの苦しさに気を失っていた。

次に実仞は豸恵に御台の脱衣を手伝わせた。豸恵はこれ以上ない下品な笑みを浮かべ大喜びで手伝う。実仞はその横っ面を思いっきり打擲《ちょうちゃく》し、全くものを扱うかのように作業を進め、御台を丸裸にすると、湯の入った桶で晒しを絞り、失禁している御台の下の始末を淡々とする。

濡れ布の感触に目を覚ました御台は、その上品な掌《てのひら》で下を隠そうとするが、それを乱暴に払いのけ、あたかもおしめを替えるかのようにきれいに拭うと、手早く着衣を済ませた。

美しく衣帯を着け、再び床に横たわる御台を見る豸恵には、今までのことが現実とは思われず、目に残る御台の裸身も一瞬の夢としか思えなかった。


二時ほどすると御台は平常に戻った。処置を終え下がった二人を寝所に呼んだ御台は、回復した妻の姿に安堵の喜びを見せる左大弁の殿と共に二人にねぎらいの言葉をかけた。横にはなっていたが、御台の先ほどの恥ずかしい姿を全く意に介さない堂々とした態度に、実仞は心の中で悔しげに舌打ちしたが、豸恵に礼の上布《じょうふ》④一疋《いっぴき》⑤授けられると、二人して恭しく退出した。帰りしな実仞は、白い小さな薬包を十ばかり上臈《じょうろう》に渡した。

「さすが左大弁様の御台様。祈禱の効き目も深く浸みわたり、常人には見られないご回復の早さです。しかし予後の養生が大事。この豸恵法師天竺より招来の秘薬を一日一包お差し上げください」

そう言い置いて実仞は豸恵と牛車に乗った。

「まだ薬があったのか？」

「ふん、ただの片栗粉よ。おれが渡せば万能薬に見えるわ。こんなところに居残っても禁中に上れるわけではない。だから、回復が早いと言ってあの婆あに片栗粉くれてやったのさ。これで試しはうまくいった。お前の評判も上がろう。次はもっと上の奴だ。その時は予後の世話が必要と言って、おれがそこに留まる」

「そことは一体どこだ」

「ふふ、内裏に決まってるだろうが」

「だ、内裏で薬を使うのか？」

「当たり前だろう。そこに留まるよう仕組むのがあの白の包」

「なるほど。奥深い考えがあったのだな」

「やっと分かってきたようだな。だがお前のあの気味の悪い音声、結構効いたぞ」

「そうか、そんなに気味悪いのか……しかしお前、肝をつぶしたぞ。一体いつ来てくれるのかとな」

「お前を置いて逃げると思ったか？」

「ああ、いつまで経ってもお前は来ない。御台は苦しむ一方。さすがのお前も手の尽くしようがないとな」

「ふふ、そのぐらいにせんと有難みがわくまい」

「先に言っておいてくれ」

「まず手始めに味方を欺くとな」

「わしが逃げたらどうする」

「おれも逃げる。だがな、おれはお前の端女くらいにしか見られていない。騙りで捕まるのはお前一人」

「な、なんと」

「しかしそうはならなかった。安心しろ。これからは落ち着いてやるのだ」

「いつだ？　それは」

「お前は八講。おれは内裏。それが成ずるまで。だがあまり安っぽくやっては効果が薄れる。慎重に相手を選ばぬとな。じっくりと構えることだ。時間はたっぷりとある」

「ふむ、そうだな。しかし黄金一枚くらいはくれるかと思ったがな」

　帰りの牛車の中で結局豸恵は例によって銭の亡者振りを丸出しにしたが、実仞は相手にしなかった。


（註）
①御台＝御台盤所の略。上位の家の正妻を敬った言い方。

②音声＝仏教読みで「おんじょう」。読経の発声のこと。
③仏果＝仏道修行によって得られる成仏の結果、さとり。
④上布＝極上の麻布。
⑤一疋＝疋は布地二反を単位として考える語。

（十二）

「それにしても上布一疋。命を救ってやったのにのう」

戒定寺の蟄居で実仞と二人、酒を交わしながら豸恵が愚痴をこぼす。

「まだぐずぐずそんなことを言っているのか。どこまでも銭の亡者だな、おめは。田には肥料を蒔《ま》かねばならぬことがこの石頭には分からぬのか。情けなや。お前にはその分いいものを見せてやったではないか。それ以上贅沢を言うと目がつぶれるぞ」

脳裏を離れることのない御台の裸身が豸恵の目にありありと浮かんだ。

「その目は何だ。どこまでもむくつけき糞坊主が」

御台の裸身を思っていたことを見抜かれたかと察した豸恵は、思わず首をすくめた。

「あの御大身。支えるのも容易ではあるまい。納所は大変な有様だろう」

「そうか」

「何故おれが台盤所に入って湯や布を整えたと思う」

「さあ」

「台盤所にその邸のすべてが見えるのだ。他の室や曹司は何とでも飾れても、台盤所だけはそうはいかない。豸隗の妹が真菜くらいで出入りできるようではな。しかしこれであの邸の下司や雑仕女《ぞうしめ》どもはおれの言いなり。御台も帰りがけ偉そうにしていたが、おれに糞も尿《いばり》も尻の穴まで見られたことは忘れようとて忘れまい。これを手がかりに、お前は説教の講師、おれは何としても内裏に上る」

「本当にできるのだな？」

「そのために、反吐や糞の始末をしているのだ」

豸恵にとって、説教の講師は何としてもやらなくてはならないことだった。それをやって初めて師照恵を超え、あの憎い治恵に並ぶのだ。もし関白のところの八講の講師ができたなら、その時こそ治恵を叩きのめしたことになる。

「左大弁の推挙はもらえよう。しかしそれだけでは足りない。下郎扱いで終わるのが関の山だ。やる時には一気に登り詰めんとな。とにかく焦《あせ》るな。やれることをやって、時を待つのだ」

やはりな、と息も失せる豸恵。

「そうがっかりするな。てんから和尚にはなれん。そのくらいのことは石頭のお前にも分かろう。もう少し祈禱に精を出せ。それからだ」

祈禱と御台の裸身が重なり、豸恵は下っ腹がうずくような気持ちになった。

「なんだその顔は。あさましい」

やんごとない高貴の御台の裸身を想像する豸恵の賤しい心を見抜く実仞ではあった

が、その賤しさ剝き出しの性根も決して嫌いではなかった。

「しかし相手は選ばぬとな。大弁以下の者のところへは決して行かぬ。上ることだけを考えぬとな。で、どうするかだ。ふむ……」

「何かいい手はあるのか？」

「ふむ、まずは照恵のじじいの中陰①だ」

「中陰って、もう四月《よつき》は経っている。盆も間近だ」

「いや、盂蘭盆《うらぼん》②までは中陰とでも言っておけばどうってことはない」

「そんな」

「戒定寺の、住持に対する口伝とでも言えば何とでもなる」

「そうか」

「大檀那を皆集める」

「治恵の親許は？」

「ほっておけ、他の大檀那だけでいい」

「皆来るか？」

「先代の中陰。罰《ばち》を恐れぬ者はない」

「ふむ」

「橘も大檀那よの？」

「その通り」

「則光が土佐から一旦戻っているそうだ。彡隗がどこぞで聴き込んできた。それで中陰法要だ。うん、則光の帰洛を待っていたというのもいいな」

「どういうことだ？　それは」

「則光の嬶は清少納言」

「そうだ」

「あの利口ぶった女」

「専らの評判。それが如何に？」

「皇后の女房。そこらの女房とは格が違う」

「それで？」

「中陰の折、則光に因果を含めておれが清少納言の曹司に入る。お前のために中陰を延期したと脅してな」

「うまい考えだな。だが思うようになるか？」

「思うようにするんだ」


（註）
①中陰＝四十九日のこと。

②盂蘭盆＝略してお盆。

（十三）

戒定寺前住、照恵権律師中陰法要の終了した夜、戒定寺には実仞の金切り声が響き渡った。

「この石頭。うな①の馬鹿のせいで何もかもぶち壊し。一体どうしてくれる。おれの言う通りにすればすべて上手くいくはずだったものが、全部台なしだ。一からやり直し。何一つまともにできぬ烏滸《うこ》②のくせに、思い上がりおって、口を開けば言わずもがなばかり。何が吐蕃《とばん》③だ、西蔵だ」


その日、中陰の法要は巳《み》の刻より始まった。則光、頼信も参列した。法要もさることながら、久し振りに治恵に会えるのではないかという期待もあった。しかしそれは叶わなかった。豸恵の導師、豸隗の維那《いな》④。他の小僧もどきは例によって錫杖代わりの六尺棒を手に牛車の世話をしている。

豸恵の読経のまずさは既に知れ渡るところであったが、その豸恵が手解きをした豸隗は、実仞が手なずけた屑野菜売りの下種女の兄。あぶれ者でも何かの使い道はあるかもしれぬと、実仞が拾ってきた男。だからもともと出家になるつもりなどはさらさらないのだから、その音声の酷さは文字通り耳を覆いたくなるばかりであった。

　しかも読経が終わると、豸恵は、読経の未熟さ、下手さを全く恥とも思わずに、外《げ》陣《じん》⑤の則光、そして嘗ての治恵との縁から参詣した頼信ら大檀那の信徒をはじめとし、未だ高徳の照恵を慕う道俗を前に、八講の講師のできることを示そうとばかり内陣の高座《こうざ》⑥から説教を始めた。

　脇檀《わきだん》⑦の隅の人目に立たぬところに控えていた実仞はしまったと思った。これまでは単なる檀那や、牛車の牛引きの前で大法螺を吹いただけ。内外《ないげ》⑧共に全く不通の者が相手ならば、豸恵の与太も通じよう。

　が、今日はまずかった。

　逝去の報を受けなかった照恵の叡山の知己たちが、葬儀に焼香できなかったと、この日参集していた。その中には梵語にかけては国一番と謳われる大学僧もいた。その質素な衣姿に、豸恵はいずれどこかこの辺りの照恵出入りの貧乏寺の住持にすぎまい、と高をくくっていたのだ。

　実仞の直感はこのままでは危ういことを知らせていた。しかし実仞は、寺で豸恵や似非小僧相手に如何に威張ろうとも、本来ならば寺の納所を勤めることのできぬ女の身。今ここで止めに入ることはできない。ただただ無事通り過ぎよと念じていた。

「御坊、今のお言葉何と申されたかな？」

豸恵が自らの言葉に酔って滔々《とうとう》と天竺行脚の下りを述べ始めたときだった。豸恵が得意になって『七仏通誡偈《しちぶつつうかいげ》』⑨を梵語では云々と嘘八百を並べると、すかさず梵語博士が豸恵に質《ただ》した。その言が如何にも高僧然とした僧侶から発せられたことを知った豸恵は、しどろもどろになりながらも、二十年近く口先一つ頼りにして、詐欺紛《まが》い、騙《かた》り紛いで糊口《ここう》を凌《しの》いできた身、とっさに、

「御坊もご存じの通り、今や天竺には仏法は失せました。それを旅の途中知った少僧、高昌国《こうしょうこく》⑩より道を南に取り、幾千の山を越え、ついに吐蕃国は西蔵に入国。拉薩城《らさじょう》⑪にて活仏⑫よりじかに教えを乞うこと十年。南無観世音菩薩の化身より補陀落《ふだらく》浄土⑬の教え一切を受けましてござる」

さすがこの言には梵語博士も一言もなかった。一瞬堂内は静まった。豸恵は皆悉く恐れ入ったと大満悦であった。しかしそれこそ束の間、すぐに僧侶たちの間から大爆笑が起きた。

爆笑が止むと僧侶たちは一斉に引き揚げる。それを潮に他の参詣者も立ち上がる。慌てて止めに入る豸恵を誰も相手にせず、みな堂を出ようとした。

「豸恵、はよう土佐守様⑭をお止めせよ、はよ」

実仞は裾の乱れも意に介さず脇檀の奥から豸恵のもとに駆け寄り、頼信と共に退出しようとする則光を引き止めさせた。

「うん、何用かな？」

袖をつかまれた則光が振り向く。それに豸恵は、

「お、お願いの儀がございましてな」

「何かな、御坊」

皮肉っぽく御坊と言った則光であったが、その意は豸恵には通じなかった。豸恵の後を追った実仞が小声で囁く。狼狽える豸恵がその囁きを鸚鵡《おうむ》返しに繰り返そうとするが、口が回らず言葉にならない。ただ吃《ども》って、

「一、一……」

とのみ、やっと口にする。

「一？　一がどうされた？　御坊」

「清少納言様だろうが」

思わず他にも聞こえんばかりに実仞が耳打ちする。

「そ、そう。一、一度、清少納言様にお目通りをお願いしたく……」

「清に？」

「ぜひお引き合わせを……」

「いやいや、清も霊鷲山《りょうじゅせん》⑮の御説法は読誦しておるようだが、生憎《あいにく》西蔵とやらのことは知らぬよう。お会いするまでもなかろう」

「西蔵のことならば少僧、如何様にも御説法いたしましょう」

豸恵が見当違いの言葉を添える。この石頭のうすのろがとばかり実仞は顔をしかめた。そこにすかさず頼信が、

「いやいや、御坊、その御説法はそこにいる得体の知れぬ女性の臍下《へそ》三寸に合掌礼拝してなさるがよかろう」

と言葉を挟んだ。帰ろうとしていた道俗がまたしてもその頼信の言に大笑いした。目を吊り上げる実仞にさらに嘲笑は高まったように聞こえた。

「失敬な。少僧入山してより此の方、清僧とのみ賞賛されてきました」

再び大笑いが起こる。

「い、如何に殿様方とは言え言葉が過ぎますぞ。この中陰法要も土佐守様のご帰洛をお待ちしてここまで延期したもの」

こめかみに深い筋を入れて豸恵は言を返す。

「ほう。これは異なこと。土佐守様のせいというのか。口が過ぎないか？　御坊」

すかさず口を挟んだ頼信に、実仞は内心豸恵の失態に舌打ちをする。時をわきまえぬ石頭と思ったがもう後の祭りであった。

「清僧とは御坊のことか。己はこれまで清僧の意を取り違えていたようだな。口にしてはならぬと親から教えてもらった白銀、黄金の話を、口を開けばするのが清僧とは

初めて知った」

頼信が言葉を重ねる。ますます顔を歪める実仞。

「御坊のお申し出ではあるが、清云々は余の及ぶところではござらぬ」

下種を相手に手間は取りたくないとばかり、則光が返答した。

「何と申されます？」

豸恵と実仞が同時に発する。

「余は土佐を預かってきた者。その儀は中務《なかつかさ》⑯卿に申すこと」

「ならばせめて中務卿様にお取次ぎを」

思わず実仞が口を挟む。則光は汚いものを見るかのようにその顔をちらりと見た。

「うん、知らぬお方だのう。どなたかな？」

大笑いしておきながら、今の今まで実仞の姿が目に入らなかったかのように則光が皮肉っぽく言う。

「こ、これは申し遅れました。この者は実仞と申します。在郷育ちではありますが、年来いずれは清少納言様の御元でお仕えをしたいと願っておりました。漸く年が満ち、近頃人を頼りてこの寺に身を寄せて参りました。願成就までの間、行儀見習いを兼ねてこの坊にて納所を務めております。実に才ある女性。何とぞ清少納言様に一言お申し添えを」

「ほう、どこぞの寺に女狐が住みついたと聞いたが」

「頼信、どこでそのような話を？」

「もっぱら巷《ちまた》の噂でな」

「また怪しげなところに顔を出したな？」

「怪しげなところには怪しげな話が飛び交うとやら」

「いえいえ、決して実仞はそのような怪しい女性ではございませぬ。必ずや清少納言様のお役に立つかと」

「ふん、痴《し》れ言を」

「痴れ言と？」

石頭、愚鈍、痴れ者、この手の言葉が豸恵にとっての一番の屈辱であった。則光から痴れ言との言葉が出ると豸恵の目つきが変わった。

「土佐守殿、そろそろ下がらんと」

「そうよのう。つまらぬ話に手間を取った」

「聞き捨てなりませぬ。一体才ある者の推挙のどこが痴れ言と」

「才とな。一体如何なる才なのか」

「実仞は完璧でございます。倒《に》れかけたこの坊の納所を立て直し、網代の出入りに差し障りの無い場所の塀は丹色に塗り化粧をし――」

「あれは何を塗りましたのかな。丹にしては品がない」

頼信が口を挟むたび実仞の顔は悔しげに歪む。

「御坊、お前何やら仏法よりも算法を好むとのもっぱらの噂。先ほどの大徳たちも風の便りに御坊の金子に対する執着の深さを聞き、それを深く嘆きて、照恵権律師の御徳を守らんがために、今日ここに参詣したとやら」

頼信が吐き捨てるように言う。それに則光が間髪をいれず続ける。

「清少納言はその御名の通り不正はしない。出自もさることながら、女性の身で寺に入り込み、芳しからぬ噂を立てられる、そのような者をお取り立てには決してなるまい。この話、聞かなかったことにしよう。それがせめてもの情け」

実仞は内心ひきつけを起こさんばかりに激怒したが、まだ大勢の道俗が下山しようとしているさなか、目にこれ以上ない怒りを浮かべたまま、則光らを送ることもなく、足を踏み鳴らすように下がっていった。豸恵だけが途方に暮れた顔をして立ちすくんでいた。則光、頼信の見事な公達《きんだち》ぶりの後ろ姿も実仞の怒りを増しに増していた。

「悔しい、悔しい、おれを下女扱いして。あの則光と頼信だけは許さん。必ず思い知らせてやる。悔しい。見ていろ！　あいつら！　そのすかし面に吠え面かかせてやる。決して許さんからな。

これもこの石頭のせい。頭が悪いくせに照恵、治恵を妬《ねた》んで頭のいい振りをしたがる。あれほど余計なことはすな、と言ったにも拘らずすべてぶち壊しだ」

実仞の手にした土器《かわらけ》⑰が豸恵の額に見事に当たる。夥《おびただ》しい血が噴き出し、豸恵の顔が朱に染まる。豸隗が駆け寄り薄汚れた晒しを額に巻きつけた。

「そんな石頭、袂糞《たもとくそ》でもつけておけ、ああ、悔しい。しかし、何とかせんと――」

いつもなら、やんごとなき姫君を真似たつもりで、どこで手に入れたのか品のない御簾《みす》を下ろすのが、それも忘れた実仞は怒りのままにお鉢を抱えるように座し、怒りで目を真っ赤に充血させながら、自ら椀に飯を山盛りにしては大口を開けて喰らいつき、喰らいついては飯粒をまき散らしながら豸恵を怒鳴りつけ、怒鳴りつけては土器の酒を飲んだ。

「何か良い方法があるのか？　お前」

額に巻いた晒しを押さえつつ、豸恵が恐る恐る尋ねた。

「やかましい、だまっていろ。それを考えているのではないか。則光め、万座でおれに恥をかかせおって。くそったれが。おれを誰だと思っているのだ。たかが土佐守の分際で。こら、豸隗、酒だ。何だ？　豸隗、うぬもおれを見くびっているな。驚くなよ。今でこそ川守に身を落としてはいるが、元はと言えば北家《ほっけ》は房前様《ふささき》⑱の御家司の頭、弥凪障《やなぎさわ》と言えば知らぬもの無き家、その五代の子孫がおれの父御」

「おい、お前それはまことか？」

「大水に流されたおれの家の文にしっかり書かれていたと父御が言った」

「そうか……」

豸恵はがっかりした声を出した。

「えい、そんなことはどうでもいい。なあ、お前、やはりあれしかないだろう」

「あれ？　則光めをやるのか？」

「ふむ、それも手だな。いつか必ず思い知らせてやる。しかしか奴の太刀は無双と聞く。よほど心せんと立ち向かえん。今はお前の八講とおれが女房になることが先だ」

「では、左大弁様に頼むか？」

「いずれはな、しかしそれを待ってはいられない」

「では――」

「おい、豸隗。うぬの妹、内裏の盤所にも入ったことがあるとか」

「いえ、それは……」

「なんだ？　違うのか？」

「いえ、わしのととが御門の外の雨落ちの大桶の箍《たが》を締めたことがありまして、それがただ一つの自慢話で、何度も聞かされました」

「何だ、それだけのことか。ふむ、それだけとな。ふむ、でも無いよりはまし、お前、そうは思わぬか?」

「ふむ」

「清少納言のアマがだめなら、今度は紫式部だ。そっちの方がよほど大物。関白の色だからな」

「一体何を言っているのだ、お前」

「石頭には分かるまいな。よし豸隗、お前の妹を呼べ。ここはやはり内裏の台盤に入り込む以外ない」

「うまくいくか」

「御門の辺りをうろうろさせれば何とかなろう」

「しかし、屑野菜売りの誰もが入り込もうと狙っていよう」

「そう。だが桶の箍嵌めの業を持っているのは豸隗のとと。門衛に桶の箍の話をすれば何とかなる」

「それしきで取り合ってくれるか?」

「豸隗の妹。性質《たち》の悪さは二人一緒のこと。欲が絡めば何でもやろう。桶の箍が繋《つな》ぎとなると知ればわしらが思う以上にやるはず。だめなときはまた考えればいい。お前、またとびっきりの真菜を集めんとな」

（註）

①うな＝お前の蔑称。
②烏滸＝愚かなこと。馬鹿、戯《たわ》けに同義。
③吐蕃、西蔵＝チベットのこと。
④維那＝法要の折、先達として句頭を勤める人。
⑤外陣＝本堂内の信徒たちの座る一段下がった場所。僧侶の座る高い方を内陣という。
⑥高座＝内陣の大導師の座る台。落語の高座はこれを盗用。
⑦脇檀＝内陣左右の奥まったところ。
⑧内外＝仏教の教え＝内道（内）と仏教以外の概念＝外道（外）をいう。
⑨七仏通誡偈＝過去七仏が共通に戒めとした偈。「諸悪莫作《しょあくまくさ》　衆善奉行《しゅぜんぶぎょう》　自浄其意《じじょうごい》　是諸仏教《ぜしょぶっきょう》諸々の悪をなすことなかれ、悉く善を行い、自らの心を清くせよ。これ諸仏の教え。
⑩高昌国＝かつて中国東部で栄えた王国。
⑪拉薩城＝拉薩はチベットの都ラサ。拉薩城はポタラ宮殿のこと。
⑫活仏＝生き仏。ダライ・ラマ。
⑬補陀落浄土。南海にある観世音菩薩の浄土。
⑭土佐守＝橘則光はこの時土佐守。後、陸奥守に除目。
⑮霊鷲山＝釈尊が『無量寿経』『法華経』等を説いた場所。

⑯中務卿＝中務省の長官。中務省は八省の一つで、天皇の側に仕え、詔勅文の審査、国史の監修、女官の選考など宮中の事務を取り扱う役所。
⑰土器＝7頁註④参照
⑱北家は房前様＝藤原氏四家の一。不比等の子房前に始まる。

（十四）

照恵和尚の中陰法要から八か月ほど経った頃である。既に弥生に入っていた。豸隗同様海千山千の修羅場を何度も潜り抜けてきた豸隗の妹であったが、僅かに雨落ちの桶の箍嵌めを親爺がしたことがあるという繋がりともいえぬ繋がりを頼りに、内裏の辺りをとがめられぬ程度にうろうろしてはみたが、門衛の下にいる掃き掃除の下種に近づくだけでも、数か月を要してしまった。

それから下種を通じて門衛に餅を配ったりして、その長屋の台所にやっと近寄ることができるまでにその後半年もかかってしまったのだ。

その頃の一日、豸隗の妹は時間のかかっていることの言い訳をしに実仞のもとを訪ねた。意に反して実仞は頗《すこぶ》る機嫌がよく、妹に幾許《いくばく》かの駄賃をあげながら、

「よくやった。もう少し時間がかかると思ったぞ。これはこれまでの駄賃だ。今お前を呼びにやろうと思ってたところだ。丁度いいところに来てくれた。いいか、今日は少し強引にやってもいいから、これを門衛よりも位の上の奴にあげてくれ。これなら必ず台盤に入るきっかけが得られるはずだ」

実仞は豸隗の妹に何やらごろごろしたものの入った包みを渡した。

「奥様、これは」

「開けてみろ」

「へーえ、これはまあ、今どきどこでこんな立派な水菓子①を」

「ふん、それはおめの知らなくてもいいことだ。いいか、勿体ないが、この蜜柑《みかん》を台盤より上にいる者にこっそりやるんだ。いいな、あとは分かるな」

「へえ、任せてください。これさえあれば何とでもなります」

上等な真菜と、この時期では考えることもできない蜜柑を手に、豸隗の妹は内裏の門衛のところに向かった。鬱陶《うっとう》しそうに豸隗の妹を見る門衛に、妹は真菜と共に手に入れた稚鮎《ちあゆ》を数匹渡した。そして手を合わせて、台盤に鮎や真菜を見てもらってくれと頼んだ。

いくら稚鮎をもらったからと言って門衛にできることとできないことがある。それだけは無理だと門衛が言い、押し問答をしているところに衛士《えじ》②の小者が通りかかった。門衛が恭《うやうや》しく低頭する。衛士の小者は豸隗の妹を一睨みすると立ち去った。

「おい、あれは誰だ?」

「衛士様のお供の方」

「何」

そう言うと、これ、待て！　と言う門衛の制止を無視して豸隗の妹は衛士の小者を追った。

「お待ちください」

振り向く小者。

「お前は誰だ。誰の許しを得てここに」

「いえ、門衛では埒があきません。これを是非門の中におられますあなた様に差し上げよとの主からの言葉」

豸隗の妹は蜜柑の包を小者に惜しげもなく差し出す。

「ん、何だ、これは」

跪《ひざまず》き恭しく差し出された包みを訝《いぶか》しげに小者は受ける。

「末の初物③でございます」

小者が恐る恐る包みを開けるや驚きの声を上げる。

「如何に、如何にしてこれほどのものを」

「私は最上等の真菜をひさぐもの。お見知り置きを。私の主は台盤に入る真菜が残念ながら粗末なことを知り、それでは主上④に申し訳ないと、そして他では見られぬ良きものをお届けしなくてはならないと、長年考えておりました。

しかしあの門衛いつも私を遮りまして、品を見ていただくこともできません。それで、今日もこの水菓子をどうしようと思っていたところ、あなた様をお見かけし

「……」

「それには答えられん。わしもこれを受けるわけにはいかん」

「いえ、下種にはあまりにも惜しいもの。持ち帰ってもこれを口にできるような者は私の周りにはおりません。それならあなた様にお召し上がりいただきたく」

「いいのか？　今どき殿様方だって手に入らぬものを」

「わたくしが持ち帰りましてもどうしようもありません」

「わしが持ち帰れば、娘が腰を抜かす」

「お幾つで？」

「四歳になったばかり」

「それはそれはかわいい盛り。ぜひ姫様に差し上げてください」

「姫ではないがな」

おだてられ、まんざらでもない顔を衛士の小者がする。そこをすかさず豸隗の妹は、居もしない自分の娘の話をでっち上げる。子供のことに目のない衛士の小者はひとしきり豸隗の妹と子供談義をする。

衛士に仕えるとはいえ、子供に目を細める父親であった。衛士の小者は豸隗の妹と別れると、包の中から妻と娘の分に、二つだけ自分の懐に入れ、残り五つを上司である衛士の督に差し出し、身なりは賤しいが、普段見ることもできぬ上質の真菜を商う下種が、届けてほしいと言っていたと伝えた。

衛士の督は詰所で配下の役人たちと世に稀な末の初物を食しながら真菜売りの話をした。それが盤所に伝わるのにそれほどの時を必要とはしなかった。さすがにもう蜜柑は無理だったが、若鮎、筍等々季節に先駆けた上等の真菜をもたらす豸隗の妹は、ついに内裏の台盤に顔を出すことに成功した。

そしてそれから半月も経たぬうちに、清涼殿⑤の台盤所の頭《トウ》の命婦《みょうぶ》が酷い腹痛を起こして、今にも死なんばかりに苦しんでいる、という知らせが豸隗の妹を通じて戒定寺にもたらされた。

一向に回復せず衰弱するばかりとの報が連日届けられたが、その知らせと時を同じくして、豸隗の妹の口から台盤の端女《はしため》らに、左大弁邸での豸恵の祈禱の霊験をまことしやかに吹き込ませた。

（註）

①水菓子＝果物のこと。ただ「菓子」とも。

②衛士＝衛門府（宮中の警護、行幸の警備、京中の治安維持が職務）の下級役人。

③末の初物＝時期が終わった後に、新鮮なままに出てくる、特に果物を指す。

④主上＝天皇。
⑤清涼殿＝内裏の殿舎の一つ。

（十五）

病発症から十日目、豸恵は実仞を伴いおもむろに清涼殿の台盤所を訪《おとな》った。そんなところまでかなりの上﨟《じょうろう》①と思われる女房が自ら出迎えに出ていた。周りの女房たちが、恐れ畏《かしこ》まって宰相の君と呼ぶ。

「大切な頭の命婦です。御坊、必ず救ってください」

そう言い置くと宰相の君は実仞には目もくれず奥に行ってしまった。

「ふん、とりあえずお前、内裏に入ることを認められたようだな」

実仞は誰にも気取られぬよう豸恵の耳元で囁く。

「わしの霊力に恐れ入ったかな」

「自惚《うぬぼ》れるな。いいか、溺《おぼ》れる者は藁《わら》をも摑む、だ。頭の命婦ってアマ、今偉そうにしていた女の身内というところだろう。平然とした顔をしてやがるが、内心心配でならないはずだ。うん、あのアマも使い道ありそうだな。まあそれはいい。お前の唱える経ではどうにもならんが、今はお前しか経もどきをやれる奴はおらん。せいぜい気《け》取られぬよう、それらしくやれ。いいな」

「任せておけ。一度やって心得ておるわ」

「軽く見るなよ」

豸恵は直ちに頭の命婦の曹司に通され、支度もそこそこに香を焚き始める。実仞は自分の邸の如く台盤を足音を立てて駆け巡り、あっけにとられる女たちを怒鳴りつけ、晒し、瓶子、桶と準備させる。そして湯を沸かし続けるよう命ずるとそのまま姿を消した。

今度は豸恵も要領を得ていたので、傍らの床に伏してのたうち回る頭の命婦を見てもうろたえることなく落ち着き払って、あの満中陰の赤っ恥をものともせず、西蔵仕込みの祈禱読経と近頃大法螺吹き始めた、例の気味の悪い抑揚の呪文もどきを唱え続ける。

実仞は台盤所を抜けると、物怖じすることなく渡殿《わたどの》②に進み、躊躇うことなくさらに奥へ進んだ。見咎《とが》められたら頭の命婦の曹司へ行くと言うだけのことと全く動ぜずに、堂々と内裏の中を徘徊した。そしてこのような無謀な後先を考えない行為が、その当人の願いを叶えることがままあるのが世の常である。

弘徽殿《こきでん》③の渡りに差し掛るところに、大きな建物の間の影になる、全く目立たない場所があった。そこには部屋が幾つも並び、そのどれにも道具の類が納められているようだった。しかし何かそこに違和感がある。実仞はそこを行きつ戻りつし、何を不審に思ったか探った。

分厚い板戸がしっかりと閉められ、実切が思いっきり引いても、その嘗て船宿で鍛えた男のような無骨な指が痛くなるだけで、僅かに動くこともなかった。板戸に耳を当てながら端から端まで歩いてみた。

全くの無音であった。しかし実切には分かった。その無音が実に用心深く作られたものであることが。複数の人間が、人気を殺してじっと潜んでいるようだった。

そうなると実切は中に潜む者を確かめたくなった。そして大胆にも、「頭の命婦の使い」と板壁に声をかけた。暫くして、最も陰になり誰も気づかぬところの壁そのものが無音で外れる。さすがの実切も驚きを隠せなかったが、とっさに事態を把握するや、宰相の君の言いつけと称し、近いうちに極めて重大な大事を申しつけるが、その際の使いをこの実切が受けた、と姿を現した者に平然と告げた。相手はただ微かに頷いただけで奥の暗がりに下がり、板壁が瞬時に閉ざされた。

耳を澄ましてもほとんど聞き取れぬ音だったが、何やら階段を下りる音が聞こえたような気がした。その階段下に何人かの人間がいるようだったが、気配をすっかり消していたので、実切をもってしてもどれほどいるかは分からなかった。

渡りの分厚い廊下板につかまるように廊下下を覗き込んだ。案の定、床下奥の方、殿上を支える亀腹《かめばら》④の一部が、一見するだけでは決して分からぬが、そのつもりで見ると隠し部屋になっていた。そこから庭へも、階段を上って直接渡りへも出られるようだった。

実仞は弘徽殿の渡殿へ戻った。隠し部屋の存在を知り、しかもそれを自在に操れる算段ができたという思わぬ儲けごとに、知らず実仞の口元から笑いが漏れた。

そこに彼方より渡殿を数名の女房を従えて静々と進んでくる女房が見えた。実仞はそれが紫式部に間違いないと確信した。思わぬところで、得体の知れぬ者らを見つけるという思いがけない僥倖《ぎょうこう》を得、さらに目当ての、宮や大殿の寵愛を受ける紫式部とも、願い通り出会った。これですべてがうまくいくと確信した。

「どなたか？」

渡殿の隅に跪く実仞に、紫式部の左後ろの女房が尋ねる。

「頭の命婦様の治癒に参内いたしました豸恵法師の伴の者。程なく頭の命婦様お治りになりますことお伝えに参りました」

「まことか？　今とぶらいに参るところ。毎日あれほど苦しんでおられたものが」

思わず紫式部が発した。評判通り声に賢さが込められていた。

「豸恵法師の霊験は格別です。ご安心になられますよう」

「その方、名は？」

伴の女房が尋ねる。

「実仞と申します。どうぞ豸恵法師ともどもお見知り置きを」

それには答えず紫式部らは清涼殿に静やかに進んだ。その姿が見えなくなるともう渡殿には用はないとばかり実仞は足音高く台盤所に戻り、女たちに諸道具を捧げ、頭の命婦の曹司まで従って来るよう命じた。実仞はじめ台盤の下働きの女の衣は、先ほどの紫式部等とは比べようもないみすぼらしさではあったが、内裏の中を雑仕女とはいえ、女たちを従えて歩く自身に、実仞は得意の絶頂を感じた。ここは内裏の中。ついにここまで来たとばかり。

実仞が入室する。このたびは頭の命婦の苦しみのたうち回るのにも狼狽えることなく、豸恵は額を汗まみれにして、不気味極まる抑揚の自作の意味の無い呪文もどきを繰り返し、香を焚き、鈴を鳴らし続けている。

脂汗を滲ませて苦しむ頭の命婦の床の横に座すと、実仞は他の女たちを下がらせた。実仞の合図で祈禱を中断した豸恵が、苦しむ頭の命婦の背に手を入れ半身に起こす。

「頭の命婦様、お辛いとは存じますが、これをお飲みください」

乳に当てた豸恵の手を思いっきり打ち払い、その手で口を開けさせると、実仞は薬草を煎じたものを無理やり飲ませ、暫く口を押さえると、次に白湯の入った瓶子をその口にぐいと当て、一気に注ぎ込んだ。白湯を口から溢れさせ、思わず吐き出そうとしたそこに、すかさず実仞は桶を差し出す。命婦は褐色の液体を桶一杯吐き出す。同じことを二人は数回繰り返した。吐き出す白湯が無色になったところで、吐瀉物で汚れた命婦の夜着を替え、失禁の始末もする。これまた例によって豸恵はえも言われぬ下卑た笑いを浮かべ、あらぬところに手を出そうとして、実仞に厳しく打たれたりする。

一気に体が楽になった頭の命婦は豸恵の不逞《ふてい》も知らず、これまでの不眠を取り戻すかのように安らかな寝息を立てた。実仞は女たちを呼び、汚れものを片づけさせ、対の曹司に控えている紫式部らを招き入れた。

「かなり強者《つわもの》の悪霊が憑依《ひょうい》しておりました。少僧による西蔵は拉薩⑤の生身観世音菩薩大士⑥口伝の念誦がなければ、頭の命婦様のお命も危ういところでした。手強い相手でしたが間に合ってよろしゅうございました。暫くは安静、養生も必要。少僧西蔵より招来の秘薬をこの実仞の命婦に持たせましたゆえ、少僧全快を認めるまでこの命婦を頭の命婦様のお側にお置きください」

実仞との打ち合わせの通りの口上で、誰の認めもなく実仞を命婦と称し、寝息を立てる頭の命婦の側付きをなし崩しに認めさせてしまった。実仞の満足気な表情に、豸恵も安堵のため息を小さく漏らした。石頭の豸恵とは思えぬ見事な脅しと唆《そそのか》しで、実仞はまんまと禁中に入り込んだ。

頭の命婦はその後半日ほど身動きもせず熟睡した。目覚めるとあの苦しみは一体何だったのかと思わせるほどに、些《いささ》かの患いの痕《あと》も見せず起き上がり、これまでの生活に戻った。ただ違うのは、実仞を命の恩人と常に感謝の念を持つようになったことだった。

頭の命婦をまんまと騙し、実仞は内裏の台盤に入り込むことに成功した。時を置かずして実仞は紫華鬘《むらさきけまん》⑦を煎じて粉にしたものをごく少量頭の命婦に飲ませた。再び激痛が頭の命婦を襲った。そしてそれをいとも容易《たやす》く実仞は治癒した。

頭の命婦は改めて実仞感謝の念を捧げたが、このたびはそればかりでなく、実仞を誰よりも信頼するようになってしまったのだった。そしてそれをもってして、実仞は頭の命婦の口から、禁中の秘密中の秘密である隠れ部屋の侍《さぶらい》たちの正体を詳しく知った。

話は承平・天慶の乱⑧の時代に遡《さかのぼ》る。時の摂政関白藤原忠平は天皇を詐称する反逆者が出たことに驚き、もしもの時に備え、禁中の誰も知らぬ場所に一室を設け、そこに一騎当千の、姿を消した侍を集め秘かに警護に当たらせた。それは摂政関白以外、禁中のごく少数の女御《にょうご》⑨を除いて誰も知らない存在だった。そしてあろうことかその禁中の秘中の秘を、下種の極みの実仞が知ってしまったのだ。

隠れ者の正体を知ると、実仞はその隠れ者たちの真の力を知りたくなった。そこで帥《そち》の内大臣⑩が花山院に弓を引いたときに、その矢を手渡した強者との評判の高い衛士を討たせることにした。

「頭の命婦様より。帥の内大臣様の衛士、平理方⑪を討て」

それだけを声にならぬ声で言いそのまま下がった。翌日、中の関白⑫旧邸裏に平理方が倒れていたという話が内裏にも伝わった。実仞は隠れ者の力を確かめたことと、自らがいつでも操れることを確認して、まずは台盤に入った利益にほくそ笑んだ。

（註）

①上﨟＝身分の高い婦人。

②渡殿＝清涼殿から藤壺（飛香舎《ひぎょうしゃ》・内裏の殿舎の一つ）を結ぶ屋根のある渡り廊下。

③弘徽殿＝清涼殿北側の殿舎。後に出る常寧殿、宣耀殿、麗景殿も同様に内裏の殿舎。

④亀腹＝寺社建築の土檀に盛った饅頭形のもの。

⑤拉薩＝106頁註⑪参照。

⑥生身観世音菩薩大士＝活き観音菩薩、すなわちダライ・ラマのこと。

⑦紫華鬘＝花の名。

⑧承平・天慶の乱＝平将門、藤原純友の起こした反乱。武士が政治的に進出する契機となった乱ともいわれる。

⑨女御＝中宮（皇后と同資格の后。藤原彰子《しょうし》の時に同格となった）の次に位し、天皇の寝所に接し

た更衣の女官。

⑩帥の内大臣＝関白道隆（道長の兄）の子伊周《これちか》。九九四年内大臣。氏の長者が約束される内覧の宣旨も受けたが、叔父道長との権力闘争に敗れ、大宰府権帥に左遷。それで帥の内大臣と呼ばれる。

⑪平理方＝帥の内大臣伊周が花山院を射たときに矢を渡した官僚。

⑫中の関白＝道長の兄、伊周の父、藤原の道隆。皇后定子《ていし》の父。

（十六）

実仞の内裏での台盤の雑仕女としての生活も一年経った。雑仕女という立場に満足するような女ではなかったが、ここが辛抱のしどころと悔しさを内に秘めて我慢をした。折に触れ劇薬を頭の命婦に飲ませ、たちどころに快癒させるということを繰り返し、そのたびに頭の命婦からの信頼をますます厚くしていった。

春が巡り、初夏が来た。去年は内裏の台盤に入ったばかり。菖蒲根を比べる①という下らぬ遊びに公卿どもが現《うつつ》を抜かしているということを、勝負が終わるまで実仞は知らなかった。次にやるのはこれしかないというのがその後に実仞が考えたことだった。

皐月《さつき》に入るとすぐ、実仞は豸隗と豸惨を武蔵の国に走らせた。その場所を二人によくよく云い聞かせ、武蔵国は浮野の郷の菖蒲根を取って来させた。懸命に駆け戻った二人が大事に水桶に入れて持ち来たった菖蒲根を頭の命婦に差し出したのは、その年の根合わせの二日前のことだった。それは十分実仞の満足いくものだった。

実仞の差し出す桶に入った菖蒲の根を広げて見たとき、頭の命婦は言葉が出なかった。その前年まで数年続けて皇后の菖蒲の根が勝っていた。右大臣師輔《もろすけ》②から中の関白まで三代に亘って丹精込められた菖蒲の根は、前年はなんと六尺にも達していたのだ。そこに清少納言の歌が添えられては、何人《びと》も足元にも及ばなかったのだ。

だがこの目の前にある菖蒲根は、なんと長さは優に八尺を超える。

「一体これをどこで」

「わたくしの存じあげる者が是非これを頭の命婦様にと」

「これほど見事なものを。よく集めました。感謝します」

その年はそこに添えられた紫式部の歌もさらに素晴らしく、居並ぶすべてのやんごとなき方々より感嘆の声を中宮側が得たのだった。それを勿論台盤の端に属したばかりの実仞の手柄とは言うに言えない。しかしそこに暗黙の理解も生じていた。つまり少なくとも内裏の台盤に居座る力を得たのだった。まずは実仞の生涯の目的の一段階が達成された。

再び一年が過ぎた。実仞が内裏の盤所に土足で入り込んでもう二年になろうとしていた。頭の命婦を麻薬で籠絡し、偶然から陰の者たちの存在を知ったり、船宿暮らしで聞き及んだ菖蒲の郷の話から、前年の根合わせに四年ぶりの中宮方の勝利をもたらしたことから、いつの間にか内裏の盤所での地位を固めてしまった頃、実仞は任期の終わった則光の土佐からの帰洛を知った。

実仞の行動は早かった。帰洛を祝しての連日の祝宴が持たれた。ただでさえ長旅で疲れるところに毎夜の酒宴。その酔いしれて帰宅する道を狙う。たとえ如何なる強者といえども力は半減するはず。そこを隠れ者に襲わせる。則光が八つ裂きにされ、のたうち回るのが目に見えるようだった。

実仞は人目のないことを確認すると弘徽殿の渡りに向かった。そしてその翌日、実仞は則光の闇討ちが、あろうことか簡単に返り討ちになってしまったことを知った。実仞が内裏に入り込んで初めての失敗であった。

（註）

①菖蒲根を比べる＝菖蒲の根の長さを競う遊び。五月の節句に行われる。

②右大臣師輔＝道隆、道長の祖父。子は摂政関白兼家。師輔以後この家系が摂関の地位を占めた。

第二章

（一）

人を三人倒した気の高ぶりと、手力丸が幼いとはいえ女性であったことを知ってしまった気まずさを寝酒に紛らわせた則光の寝覚めは、決して心地よいものではなかった。

頭の芯の痛みをこらえながら清少納言の曹司を訪れた則光は、ごろりと横になり、寝不足を補うかのようにまどろんでいた。

「昨夜はお帰りになると申されておりましたのに、随分なお働きの御様子」

「一体何の話だ、清」

清少納言の語りかける声に目覚めた則光が、気のない返事をする。

「御禁庭①にまで広まっております。何やら夜盗が成敗されたとか。大変な手練《てだ》れの方に違いないとのお話。どなたがなさったか私が存じ上げないとでも？」

「さては手力丸に聞いたな」

「そうですか。手力丸が存じているのですね」

「何のことやら、おい、手力、酒を持て」

「またお召し上がりになるのですか。手力丸は朝からどなた様かの御衣帯《ごえたい》を洗い、今干しているところ」

　くすくす笑いながら清少納言が則光をからかう。

「そんなところまで罷《まか》ったのか。よほど無聊《ぶりょう》をかこっているとみえる」

「まあ仰ること。おや、手力丸、もう乾きましたか？」

「はい、奥様。殿様、御衣帯お持ちいたしました」

　いつになく硬い口調の手力丸は、下を向いたまま衣を差し出した。則光も何か居心地の悪そうに、目を合わせない。

「どうしました、手力丸。元気がない様子。殿様のおいたの後始末に疲れたのですか？」

「いえ、奥様」

「殿様は、何やら真夜中に方々お出掛けになり、お暴れになるのがお好きなよう。お前も幼いのに休むこともできずにかわいそう」

「いいえ、そんなことはありません。お殿様はお優しいです」

「そうだ。こちらに戻ってより毎日辰の刻に参内し、申《さる》の刻に退出する。己の暦は少しも変わらない。手力も楽なもの。そうだな、手力丸」

「うん」

「こら、地が出たな。〝はい、仰せの通り〟だろう」

「はい、仰せの通りです、殿様」

下を向きながら手力丸は答える。

「つまり、お前が素っ裸で水を被ることもないわけだ」

耳元まで赤くして、下を向いたままの手力丸が恥ずかしさに肩を震わせるのに、清少納言は気づくこともなく空を見上げる。

「おや、いつの間にか雲が出てきました」

御簾を上げる清少納言に、

「このたびは、霊鷲山の雲[2]とまいろうか。凡夫の雲に覚りの深山は隠されていようと」

「お見事ですわ。これ、翁丸、手力丸にのしかかるのはやめなさい」

「こら、手力丸。お前が追い払わねばますます犬はじゃれつく。ほら、払いのけよ」

下を向いたまま顔を染める手力丸に赤犬がのしかかる。犬に転がされた手力丸は下から抜け出すと、今度は翁丸の背に組みつく。

「おい、手力。せっかく洗った衣がまた土まみれだ」

「あら、則光様。何やら騒々しい足音が」

わざと則光と清少納言に気づかせようとするかのように、廂の床板を揺るがす音が近づいた。

「こら、手力丸。また翁丸とじゃれついているのか。どちらが赤犬だ」

「よせ、翁丸。舐めるな。その赤舌引き抜くぞ」

手力丸の上になんと馬乗りになった翁丸が手力の顔を舐め回す。それを嫌がりもせず手力はきゃらきゃらと笑いこけている。それを眺める則光には、昨夜の手力丸が別人のように思われた。

「お邪魔かな、則光」

「邪魔？」

「それよ」

手力丸と翁丸のじゃれ合いを手を携えて見ていた則光と清少納言を中啓《ちゅうけい》③で指し示しながら源頼信が揶揄する。さっと手を引く清少納言。

「ふふ、そうか、真夜中に金棒を振りすぎて痛めた手を、妻君の筆の代わりの摩り棒で擦ってもらったということかな」

「何を戯《ざ》れ言を申されますか、頼信様」

「いやな、清少納言様。三条の大路で、髭面の大男が、夜中夜盗を誅《ちゅう》したとか嘯《うそぶ》いて、三つ胴重ねてその上に大胡座《あぐら》で天下無双の強力《ごうりき》と自慢していたのでな」

「恐ろしいこと。でも悪人は成敗されたのですね。よかったこと」

「いずれも一太刀。則光、あの髭面、大した腕前。少納言様ぜひ御草子にお書き留めください」

「いらぬことを。清、耳を貸すな」

「しかし、本当に働いたものは女性の膝枕とはな。こら、手力丸そのへんにしろ。遠くで雷公が動き始められたようだ。雨にならぬうちに翁丸を繋いでこい」

「はい。頼信様」

土まみれになった手力丸が、翁丸の頭を軽く打ち、――来い！　と一声かけ先に立つと、翁丸は素直にその後に従った。

「一雨来そうだ。だいぶ雲が厚く……おや、遠雷と思ったが随分近づいて来ているぞ」

三人は一気に薄墨色から夕闇のように黒くなった空を眺めた。また雷鳴が近づく。

清少納言は怖がってしがみつくように則光に近寄り顔を伏せる。

突如瞬くように辺りが光に満ち、間を置かず大音響が轟き渡った。間髪いれずもう一回。そのつど内裏全体が明るく輝く。

「かなり酷いな、今日の雷公は」

「おや、頼信殿、どうなされた。随分とお顔の色がお悪いようだが」

「やかましい、則光。わしの雷嫌いは昔から知っておろうに」

「弓を取っては並ぶ者なしという頼信も相変わらず雷だけはだめか。韋駄天の雷を追うどころか、目を覆うだけのようだな」

「菅公④はわしより遥かに上席。畏れ多いでな」

「声が震えておるぞ。一体いつのことを話されるのかな。天神公⑤既に北野に御座《おんまします》すれば、いまさら内裏には渡られまい。今日の雷公きっと別の方よ。ほれ、頼信、今日の雷公は気が早いようだ。もう雲が薄くなってきた……む、清、弓を持て、鏑矢《かぶらや》⑥も」

遠雷に漸く顔を上げた清少納言に、則光は優しい言葉をかけるでもなく弓矢を申しつけた。

「早くせよ、よし。おい、頼信、あれだ！」

ひったくるように清少納言から弓と鏑矢を受け取った則光は、それをそのまま頼信に渡しつつ遥か先の常寧殿《じょうねいでん》⑦の大廂を指し示す。

「殿様、あれは一体……」

「おお、則光、あれは」

「うむ、違いあるまい。己が捕える。頼信、お前、あれのすぐ耳元を狙ってはくれまいか」

「百間はあろう。撃ち落とすのは簡単だが、耳元を掠《かす》めよとはな。無理を言う」

「急げ、逃げてしまう」

（註）

①御禁庭＝禁裏、禁中、宮中とも。

②霊鷲山の雲＝『枕草子』にも引かれた、かの有名な「香炉峰の雪」（白楽天）をもじる。

③中啓＝親骨の上端を外へそらし、畳んでも半ば開いているように作った扇。
④菅公＝菅原道真。
⑤天神公……＝菅原道真は宇多天皇に重用されたが、藤原氏の讒言《ざんげん》により大宰府に左遷。失意のうちに当地で没すると、雷神となって内裏を襲うと恐れられ、天神として祭られる。九九三年贈正一位・太政大臣。
⑥鏑矢＝空中を飛ぶとき矢の先に風が入って音がする矢。
⑦常寧殿＝121頁註③参照。

（二）

　常寧殿は清涼殿の西に位置し、その大きさは清涼殿にも匹敵しようという壮大な建物であった。大屋根の軒の高さで七間ある。その軒の大廂の瓦に今にも手をかけんと攀《よ》じ登る下穿き一枚の男らしき者がいた。既に雲に切れ間も見え始めてはいたが、未だ激しく降る雨に一人として外に出ている者はいなかった。

　もう百歳は超えんとする菅公のあの恐ろしい逸話が未だしっかりと生きるこの内裏のうちでは、雷の間は誰一人として外に出る者はいない。それどころか屋内でも動く者は、清涼殿の孫廂《まごさひし》①で弦打《つるう》ち②をする近衛の大将③以下を除き誰もいない。そこに物の怪《け》の油断があったと言えばあったのだろう。則光に見つかったのが文字通り運の尽きであった。

「なんだ、あれは、化け物か？」

　頼信は呟きながら弓に鏑矢をつがえると、即座に思いっきり弦を引き絞り、躊躇うことなく矢を放った。鏑矢はまだ止まずに降りしきる雨の音を切り裂く鋭い音を立てて、常寧殿の大屋根を目指して飛翔する。その時には雨の中、則光は姿を消していた。

　鏑矢は頼信の狙い定めた通り、屋根を攀じ登ろうとする物の怪の耳を掠めて軒先に触れると、一気に小降りになってきた雨の中落下していった。打ち手の側からも最後まではっきりと聞こえた鏑矢の音、物の怪の耳先ではさぞかし恐ろしく響いたことだろう。物の怪は則光の狙い通り、瓦を摑まんとしたその指先を恐愕《きょうがく》で滑らせ、真っ逆さまに地面に向かって落ちていった。

程なく則光が宣耀殿と麗景殿の渡りを潜り抜けて戻って来た。その右横に、子犬か子猫の首を摑むようにして首筋を摑まれた男が、抵抗の甲斐もなく引きずられるように従ってきた。その異様な風体に、頼信も清少納言も目を見張る。青黒い顔色、光を放つかのように鋭い目、しかしその目には今の自身の境遇に途方に暮れているような哀れな光も併せ漂っている。

「則光、こ奴は？」

「お前の射落とした雷公よ」

「なるほど。こ奴が神鳴《かみなり》④か」

「いや、この情けない姿、恐らくこれは雷神の下僕だろう」

「そうか、下種か。そうだろうな、これが雷様では菅公もがっかりする。こら、お前、名は何と申す」

清少納言の曹司の前に据えられた物の怪は、おどおどした目を左右に揺らすばかりだった。しかしその如何にも震えているような目の動きの底に、隙あらば逃げようという小狡さがはっきりと見えていた。

「こら、お前、逃げようとしても無駄だ。そんなことをしてみろ、今度はこれだ。わしの腕はよく承知していよう」

そう言うと頼信は左手に弓を、右手に切っ先の鋭く尖る鷹羽の矢を握って見せた。

「それで名は――、ふーむ名乗らぬか。よし、わしがつけてやろう。そうよな、手力丸と翁丸がじゃれ合っていた時の雷様だ。神鳴丸と言いたいところだが、この情けない姿にその名では神罰が当たろうというもの。常寧殿の廂から陥ちた、そう陥廂丸、そうだ、陥廂丸はどうだ。いい名だろう」

「ふざけるな！」

「おや、やっと口をきいたな。では名は何と」

「ふん、お前たちまらぐその成れの果てに名乗る名などないわ」

「なんだと、まともに神鳴も起こせぬ分際でその口のききよう。よし、名無しなら人でも物の怪でもない。首を刎《は》ねようと、八つ裂きにしようとこちらの意のまま」

「やめろ、おれが一体何をしたというのだ」

「震え上がっていたかと思ったら、大分本性を現したな。わしらを驚かせた罰だ」

「おれの生業《なりわい》だ。空を裂き、雨降らす。豊穣《じょう》の証」

「それは雷公様の業であろう。則光の申す通り、お前は品性賤しすぎる。おや、こ奴確かに物の怪の顔色は青ざめていたものが赤黒く変わっていた。

「なるほど、こ奴やはり雷公の下種か小舎人だ。神鳴の後に従ってはいても、未熟者ゆえ落下したというわけだ。こら、そうだろう」

「う、うるさい」

「どうやら図星。やはり陥甪丸が似合いよの、則光」

「うむ、こ奴が雷神ならば、近衛の大将殿もあれほどは狼狽えまい」

「則光、こ奴もらってもいいか？」

「良いも悪いもお前が射落としたもの。しかしこんな不気味な奴を一体——」

「暫く懲らしめに、わしの舎人として性根を直してやろうと思ってな」

「それも良案。これ、陥甪丸、心して働け。さればまた雷公の下に戻れよう」

「すぐ帰せ。おれはこんな奴いやだ」

「何を偉そうに。さあ来い。帰るぞ。わしの太刀を持ってついて来い。則光は如何に」

「己も今日はこれで。清、帰る」

「はい、さようならば、でも、昨夜の……」

「それはまた後刻。己もお前に語りたいことがある」

「何を」

「手力丸のこと。いや、それはいずれ」

（註）

①孫廂＝寝殿造りなどで、母屋の外側の廂の外にさらに出し添えた廂。

②弦打ち＝雷が来ると清涼殿の廂下で近衛の大将以下が弓を持ち、その弦を鳴らした。それにより雷を払うと考えられていた。

③近衛の大将＝近衛府は初め天皇の親衛隊の役割を果たしていた。平安中期以後は、宮廷儀礼演出機関として重要な役割を果たした。大将はその長官。

④神鳴＝雷に同義。雷は神の音と考えられていた。

（三）

「則光、それほどの手練れだったのか」

「ふむ。恐るべき業」

「大殿①に隠れ者の郎党というものがあると密かに聞くが」

「真っ当な業ではなかった。それが大殿様に関わりあろうとは思えない」

「しかしあのお含みの多いお方。隠れ者の陰にまた人知れぬ恐ろしいものがいても不思議はない」

「中の関白様②亡きあと、帥殿③もご配流。もう怖きものはないはず」

「それを用心するのが御堂《みどう》様④」

「では構えて表に出さぬ者たちか。だが何故己に差し向ける？　己如き大殿様の目にも触れぬはず」

「それはなかろうが、大殿様はとりわけ藤《とう》式部⑤の文を喜んでおられる。そこにつけ込む隙があるとは思わんか？」

「つけ込むとはどういうことだ。藤式部が何か企んだとでもいうのか？　まさか、才が勝ちすぎている女性《にょしょう》ではあるが、何か企むような賤しい真似をする女性ではない」

「その通り。藤式部の知らぬことだろう。だが近頃、藤式部に纏《まつ》わる妙な噂を聞かなかったか？」

「藤に纏わる？　そういえば、藤の可愛がっている頭の命婦がなにやら怪しげな端女を台盤に入れたとかいう話は、帰洛したばかりの己の耳にも入っている」

「あの豸恵の隠し女だ」

「何？　どこで知った？」

「いや、馬の命婦がな」

「なに、お前まだ馬の命婦と？」

「いや、そのことはいい」

言葉が終わらないうちに頼信は、振り向きざま陥甬丸の鼻面に思いきり拳骨《げんこつ》を打ち込んだ。陥甬丸はもんどりうって仰向けに地面に倒れ、それっきり微動だにしなかった。その手には頼信の鈍く光る抜き身の太刀が握られていた。

「痴れ者め。わしを斬るとか？」

「殺したのか？」

「いや、少し加減してやった」

そこに、主の帰るのを知らずに雨上がりにまた翁丸と遊んでいた手力丸が、息を切らすように駆けつけてきた。翁丸も一緒だった。翁丸は尻尾をぶるぶると振り回しつつ吠えながら陥厢丸に駆け寄る。翁丸は長々と横たわる陥厢丸の回りをぐるぐる回りながら、吠えたり、唸《うな》ったり、顔や足先の臭いをかいだりする。

「こら、翁丸、落ち着け」

則光が声をかけると漸く翁丸は吠えるのをやめ、尻尾を振りながら陥厢丸の顔に鼻面を寄せ耳の辺りを一舐めする。その感触のせいだろうか、やっと陥厢丸に意識が戻ったようだった。陥厢丸の僅かにあけた目の前に翁丸の健康そうに濡れた鼻があった。暫くそれが何か分からずにいた陥厢丸が、翁丸と気づくや大声を上げて手力丸の後ろに隠れた。それを遊びと思って翁丸が追う。陥厢丸は頭を抱え、鼻から血を滴らせつつひたすら翁丸から離れようとする。翁丸は喜んで後を追う。

「ほう、この愚か者、犬が嫌いとみえる。翁丸、もっと懲らしめてやれ」

翁丸はさらに盛んに尻尾を振り回しながら陥厢丸にじゃれつく。

「頼信、もうこの辺にしてやったらどうだ」

「そうよな、彼奴も十分懲りただろう。こら、翁丸、こっちへ来い。陥厢丸、この薄ら莫迦《ばか》め。この程度の仕置きで済んで有難いと思え。おい、なんて顔してる」

翁丸を怖がりつつ蹲る陥厢丸の顔を見て、則光と頼信は大笑いをする。

「ふーむ、陥厢というよりも、鼻潰れと呼んだ方が相応しいな」

確かに顔の真ん中に思いっきり拳を打ち込まれた陥厢丸の鼻は見事に潰れていた。

「鼻潰れ、こら、今度先ほどのような真似をしたら本当に翁丸に食いつかせるぞ。いいか。さあ、鼻潰れ、しっかり太刀を持て。今度は鼻でなくて首が飛ぶぞ。いいな」

則光と頼信は嘉陽門を抜け、陽明門を通るとそこで別れ、それぞれの邸に足を向けた。則光には手力丸と翁丸が従い、頼信の後には鼻潰れが太刀を捧げとぼとぼと従う。

別れて数歩進んだ時に頼信が振り返り、則光に声をかけた。

「則光。少し話をせんか。鼻潰れに話の腰を折られた。まだ言いたいこともある。久し振りにわしのところに寄って行かぬか」

「ふむ。そういえばお前の母御にも久しく会っておらぬな」

則光にとっても夜半の暴漢については、もう少し頼信と話しておきたかった。

五町ほど離れたところに頼信の邸はあった。二人は並んで陽明門から北に道を進む。その後ろを手力丸と鼻潰れが同じく並んで進む。則光が別の方向に行くのを知ったか、翁丸は内裏に戻ってしまった。

暮色の次第に深まる内裏北の家並みは、深く深く沈んでいくようだった。牛車の轍《わだち》の跡やら何やらで地面にできた溝に水溜りができている。そのせいで歩きづらい道を二人は無言で進んだ。

三本目の大路を右に曲がると、じきに頼信の邸がある。邸を囲む築地塀《ついじ》の屋根が歪んでいた。門の桧皮《ひわだ》も苔むして、少し崩れていた。庭の草も丁寧には始末されていない。しかし屋内はきちんと整い、隅々まで手入れが行き届いているのがすぐに見て取れた。則光も幼い頃からよく知る頼信の母御の気配りが、磨かれた床によく示されていた。

「土佐守様、いえ来春には陸奥守様にご出世なさるとやら、お久しゅうございます。ますます御立派になられ、何よりと存じます」

頼信の母は則光に酒を進めながら挨拶をした。暫く母親はそのまま瓶子を持ち目を伏せていた。

「頼信殿も不憫でなりませぬ。父殿さえ達者であられたら、今年の除目もこのようなことに……」

「母君、おやめください。ここで言っても甲斐のないこと」

「しかし頼信様。除目は父の力」

「そのうち世も変わりましょう」

「お祖父様は三位まで上り、父殿は四位の中将。あれほど早く先立たれるとは思いもよらず……」

しばし母親は目頭を押さえていたが、まだ涙に濡れる目を上げると、

「陸奥守様。はしたなき愚痴失礼いたしました。三毒⑥こそが来世⑦の障りとは申されますが、この子の行く末を考えますと……」

「母君、それは」

それには答えずに母親は則光に無礼を詫びて、女房を従えて退出した。

「わしなんかはまだいい方だ。恒衡は除目の日、衣帯が無くて、なんとこのわしに借りに来たくらいだ。わしもまだ父殿の衣帯を売るまでにはなっていない。中の関白があれほど早く世を去られ、御堂様になってからすっかり世は変わってしまった」

「ふむ、中の関白様もあまりにも御酒が過ぎた」

「確かに。御車から降りられぬことも屢々《しばしば》。冠の抜けることも」

「宮様⑧も皇子様がおられながらあの仕打ち」

「伊周《これちか》様⑨が早まられた」

「院に弓引くとは。弟君⑩もおられたのに」

「同じお気持ち」

「ふむ。お気持ちは分かるが」

「で、あのことだが」

「あのこととは」

「夜半のこと」

「ふむ」

「先ほどは鼻潰れのせいでそれきりで」

「しかし、やはりあの賢い藤式部があの石頭たちに誑《たぶら》かされるとは思えん。やはり藤の知らぬことだろう」

「いや、そうも言えんぞ」

「何故？」

「藤のあの執念深い書き物がその証」

「確かに和泉式部や、清に対する罵り方には尋常でないものがある。かといってそれは文の道の上のことだろう」

「だからこそ、そこに豸恵の女が顔を出す。お前、あの女狐にはたっぷり恨みを買っていよう」

「それはお前も一緒」

「ああ、わしのところにも来るかもしれん。しかしお前は師を替えた」

「何？　師？　何のことだ？」

「おれも一緒だがな」


（註）
①大殿＝藤原道長。
②中の関白＝122頁註⑫参照。

③帥殿＝122頁註⑩参照
④御堂様＝道長は御堂関白と称された
⑤藤式部＝藤（18頁註⑧参照）は紫式部の本名と言われる。
⑥三毒＝貪《とん》（むさぼる心）、瞋《じん》（激しい怒り）、愚痴《ぐち》（「痴」だけの場合も。愚かさを言う）。この貪瞋痴を人の持つ三つの毒という。
⑦来世＝仏教語。死んだ後（極楽世界で）生まれかわって生きる世界。後世、未来世とも。
⑧宮様＝藤原道隆女一条皇后定子。
⑨伊周＝122頁註⑩参照。
⑩弟君＝伊周弟、藤原隆家。道隆息。帥の内大臣。叔父道長により兄と共に失脚。豪胆な性格で、中国沿海州の女真族（満州族）の刀伊《とい》が、壱岐、対馬を経て北九州に侵入したとき、大宰府権帥であった隆家が、在地武士を集め自ら先頭に立ちその武士を指揮し、刀伊を撃退した。

(四)

則光は頼信の言葉にはっとした。確かにそれは弟子としてしてはならぬこと。しかし、そうはいってても自ら申し出たことではなかった。

「確かに己は師を替えた。しかしそれは左少弁様《さしょうべん》①の申しつけ」

「お前すぐに諾《だく》としたであろう」

「お師匠様にそむくわけには。しかしそんなことで御堂様が……」

「勿論そんな些事に御堂様がお関わりになることはあるまい。しかし、御堂様はあの作文上手を大層なお取立て。あのことをはじめ、諸々に輪をかけて文に認めていたとしたら」

「あのこと？　何のことだ？」

「『王昭君②二首』だ」

「『王昭君』？」

「あの日帰りがけ、藤の小娘がお前に翌日の試文についてこっそり教えたことがあったろう？」

「あったかな？」

「お前、わしらに憚《はばか》って突き放した」

「『王昭君』はともかく、突き放したなどそんな覚えはない」

「鏡を見ても驕り高ぶる女と言われている。おのれは隠しているつもりのようだが」

「しかしそうだとしても、まだ藤式部が六歳か七歳の頃のこと」

「あの慢心の女。執念深く心に刻み込んでいたとしたらどうなる。しかもお前、翌日の試文のとき答えなかった。わしらに遠慮したのだろうが、お前に対する恋情をそのような形で無体③されたと知ったなら、たとえ六歳の童女とはいえ才走った誇りかなる④藤はどう考えるかだ」

「お前、よく覚えているな。藤の執念深さを言えないぞ。だがやはりまだ童女、そんな色恋に心が向くものか？」

「廂の陰で、小娘唇を噛み締めていた。あの顔を見れば誰でも分かる」

「知らなかった。しかしそれだからといって、それをいくら作文したとて――」

「御堂様の隠れ者が動くかと？」

「そうだ」

「しかし大殿様は大らかに見えても常に細心のお心配りをなさるお方。中の関白様に深く関わる者すべて排される」

「それは分からんでもない。しかしいくらなんでも為時様の女子。文で罵ることはあろうが、隠れ者を……」

「大殿様にどれだけの取り巻きがいると思うのだ。そして藤におもねれば大殿の御覚えも、と埒もないことを謀る痴れ者がいたとしたならば」

「先ほどお前、豸恵の隠し女のことを言っていたな。では――」

「豸恵を籠絡した女狐が今度は頭の命婦を誑かした」

「ふむ」

「先ほども言ったが馬の命婦によれば、頭の命婦はあの女狐を信じ切っているという。大殿様は藤式部の妹分も大層お可愛がりとかいう」

「だからと言ってあの女狐が陰の者をどうして知る？」

「女狐、台盤の下働きの端女のくせに、人目を盗んでは内裏をこそこそはい回るそうだ。まるで溝鼠《どぶねずみ》のように」

「溝鼠か。あれに相応しいな。溝鼠が餌を求めているうちに陰の者たちに偶然出会ったというのか」

「そうではないかと」

「溝鼠が女狐の悪知恵を駆使して、正体不明の陰の武士《もののふ》を動かす」

「そうだ。それだからこそ危ない。あの溝鼠、恐ろしい奴だ」

「ふむ」

「だがいくら何でもあんな下種が」

「わしもそう思いたい。だがお前の言うようにあの手練れを思うと尋常な考えでは済まない。重々気をつけぬと」

「しかし何故昨夜」

「それは分からん。お前、任を解かれて帰洛してより此の方連夜の酒宴。太刀を持つ手も酔いのせいで衰えると思ったのかもしれない。この頃夜盗と思われる刃傷《にんじょう》が増えていると聞く。それに紛れてお前を除けば、清殿がどれほど心細くなるか」

「清に何の関わりが」

「お前は清殿を選んだ」

「何？」

「清殿であったことが、どれほど藤を怒らせたか。ただでさえ藤にとっては清殿は不倶戴天の敵」

「清にまで及ぶと言うのか？」

「及ぶ。溝鼠なら頭の命婦を誑かして、藤の心の奥深くを覗き込むことも容易《たやす》かろう。その時うまく阿《おもね》って、端女が這い上がろうとすることに何の不思議があろう」

「そこまで考えるものか、人は」

「勿論、大殿様、藤式部というのは穿《うが》ちすぎかもしれない。しかし大殿様や藤に阿る者は多い。またその阿る者であると偽ってお前を襲わせようと企む者もいよう」

「しかしそれが溝鼠とは。そこまで食い込めようか。信じられん」

「悪意は最初は小さくとも漣《さざなみ》のように広がり、その輪は大きくなるばかり」

「漣とな。波と言えば、あの頃は面白かった」

「あの頃とは？」

「方弘とお師匠様のところを抜け出して……」

「ああ、あの時か。長池だな」

「知らなかったとはいえ、よく何事もなかったものだ」

「暑い日だったな」

「樵の年寄りに随分叱られた」

「あの頃は面白かったな」

「本当に」

「今夜は泊まって行かぬか？　話は尽きない」

「ふむ。そうしたいが……やはり帰ろう。明日の衣帯がな」

「昔は良かった。そんなことを考えもしなかった」

「師匠に叱られていればよかったか？」

「今思えば、立派なお方だった」

「なんと今ではあの方弘が文章生《もんじょうしょう》⑤だ」

「それは師匠のお力ではあるまい。あの御祖父様のお力」

「方弘はそこで何をやっているのかな。そうそう、――院の殿上には誰々がおられましたか、と方弘が尋ねられた時、それかれなど四、五人の名を挙げ、――他には誰か、と聞かれてなんと、――そのほかには帰った人がいた、と答えたのには皆呆れ返っていたな。蔵人の頭が御着席にならない限り台盤には着けぬのに、その台の上の豆を一盛取って、衝立障子の陰で食べていたのを、誰かが衝立をどけて暴露したので大笑いに笑われたとも聞く」

「それを清殿が文章に認めた」

「方弘だと誰も咎《とが》めない」

「確かに。で、治恵は如何に？　何か便りはないのか」

「最初は嵯峨野で無縁仏の供養をしたという。その後春日に回り、龍王の法に触れ、今は室生の龍窟にいるとか」

「龍窟？」

「ふむ。先だっての文では何やら龍華三会《りゅうげさんえ》⑥とかいう法を修めると記してきた」

「龍神の下種の鼻潰れといい、龍窟といい、今日は妙な話向きだな。しかし室生とはな」

「つくづく人の世に嫌気がさしたのではないか」

「やはりあのことが」

「ふむ。豸恵が突然帰山し、ほんの暫く殊勝な振りをしていたかと思ったら、住持になるや大暴れ。寺の中のことゆえ誰も力を貸すことはできない。何人《なんぴと》かに訴えれば、治恵も寺を欲しがる売僧だと邪推される」

「それよ。先ほどあの鼻潰れに邪魔をされて中途になった話は。だが邪推するのが寺雀。誰でも他人を貶めて喜ぶ。そこに善悪の理はない」

「治恵はこのことについて決して人には相談しない。そこにあの邪悪な豸恵がつけ込んだ。耳を覆いたくなるような話だ。しかも豸恵の恥知らずは女を連れ込んだ。とんがり頭の薄汚い溝鼠。何をしてこれまで過ごしてきたのか全く分からぬ、賤しさと不気味さを併せ持った下種。

　馬の命婦によれば、豸恵が天竺の修法を溝鼠と一緒に施して、頭の命婦の病を治したとやらで、今では大層頭の命婦に頼られているとか。病の予後には溝鼠が側について一切の世話をした方がいい、と吹き込んだらしい」

「あの売僧めが、実切とやら名乗るあの溝鼠の言いなりに治恵を酷い仕打ちをもって追い出し、あまつさえあの妊婦に策を弄さしめ台盤に入れたというのか。藤は殊の外頭の命婦をかわいがっている。それで藤もということか」

「馬の命婦はそう言っていた。あの才媛藤式部も修羅場を潜った溝鼠にはころりと誑かされる」

「しかし……あの石頭の豸恵ととんがり頭の実切にそこまでの力が」

「石頭、知恵はないが逆上すれば如何なるはしたなきことでも平気でする売僧。とんがり頭の奸婦は我々には想像もつかぬ恐ろしい溝鼠」

「それで、藤まで利用しようというのか。だがまだ台盤の下働きから昇ってはいまい。清はあまり詳しくは知らぬようだった。しかしつくづくいやになるな。さて話は尽きぬがそろそろ帰るか」

「その辺りのことも話したかった。やはり帰るか」

「治恵のことはいずれ」

「そうだな、お前もさぞかし疲れていることだろう。よくよく気をつけて帰ってくれ」

「まさか二夜続けることはあるまい」

「お前の業は身に染みたであろうからな。しかし豸恵、溝鼠のような心賎しき者、我らでは考えの及ばぬところがある」

「心得た。よくよく心しよう」

（註）

①左少弁＝太政官の役人。正五位。本書の場合、藤（紫）式部の父藤原為時。
②王昭君＝18頁註⑨参照。
③無体＝無視。
④誇りかなる＝誇り高きの意。
⑤文章生＝大学寮（官吏養成のための中央の教育機関）で文章道《もんじょうどう》を学ぶ学生で、式部省（朝廷の儀礼、儀式、文官の選任・叙位等の人事を担当し、大学寮を管理した）の試験に合格した者。
⑥龍華三会＝りゅうげさんね、とも。弥勒菩薩が五十六億七千万年後に兜率《とそつ》天（弥勒菩薩の浄土）より人間界に出現して、龍華樹の下で悟りを得、三度（すなわち三会に）説法して人々を救済することを言ったもの。初会の九十六億、二会に九十四億、三会に九十二億の人を救済するという。『梁塵秘抄』にも歌われる。法然上人の師、皇円阿闍梨《あじゃり》が三会の暁を待つために長池の蛇体に化身し、遠近江国笠原の庄（現在の静岡県浜岡町）の桜の池に住んだという伝説は、法然諸伝に見えて著名で、謡曲『桜の池』などにも取材されている。

（五）

数日後のこと。その日も鼻潰れが捕えられた日のように、午後より激しい雷雨となった。内裏中が震え上がり、身を竦《すく》めながら弓の弦打ちの霊験を頼む女御たちを心の中で嘲笑《あざわら》いながら、実仞は雨の上がるのを待って久し振りに豸恵の待つ戒定寺に戻った。

豸恵の蟄居では実仞が例の如く酒を側に、鉢を抱えるようにして手ずから椀に飯を山盛りにして掻《か》き込んでいる。

「台盤の隅では食った気がしない。誰もかれもがお品ぶって。糞もすれば屁もするくせに何様のつもりか。なあお前」

「ああ、お前も大変だな」

内裏の盤所に戻るまでは怒らせぬことが一番と、これまた酒を片手の豸恵はひたすら下手に出る。

「則光の奴、なかなか手ごわい。去年な理方①をたたっ斬った侍に闇討ちさせたのだが、簡単に返り討ちにあってしまった。青二才の自信満々の口調のいわれがよく分かった。よほど心せんといかんな」

豸恵と酒を交わしながら実仞が呟く。

「則光と何かあったのか？」

「こたびの除目で陸奥守になるそうだ。それまで暫く内裏に出仕するというのでな。丁度いい機会だ。いつぞやの無礼の返礼。内裏に潜む隠れ者に成敗させた」

「隠れ者？」

「あの頭の命婦のアマに偽祈禱をした日に、内裏の中を探っていたら偶然見つけたのだ。全く気配を消してはいたが、おれの目はごまかせん」

「それで？」

「頭の命婦の使い、と言ったら顔を出しやがった。おれに見つけられたのは大失態。禁中の中も中。宮の寝所のすぐ隣。そんなところに名前も消したものを飼っていることが知れたらどうなる？」

「どうなるのだ？」

「分からんのか？　まあどうなるかはおれにも分からんが、とにかく上の上まで登って大変な騒ぎになるだろう」

「ふむ」

「だからおれに返事をしたのは大失態だというのだ。いくら気配を消したっておれは騙せん。それで去年な一度おれは連中に理方を襲わせた。お上からと言ってな。連中簡単に騙された。それが失態に失態を重ねたというわけだ。今度は上の命ではないのに狼藉を働いたということで、連中が罰せられる。上も下も大慌てということだ。ともかく連中、自分たちの失態だけは隠そうと躍起となった。それがおれの狙い。

　というわけで連中おれの言いなりだ」

「それは分かった。だがそれでどうしたというのだ？」

「奴らの力は分かったから、先だって真夜中則光を襲わせた。しかし口ほどにもない奴らだ。あっけなくやられてしまった」

「何、あの、大路で三人の狼藉者が倒されたというのはそれか？」

「ああ、もうお前にも伝わったか」

「都中の評判。三人とも体を真っ二つとか。だが三つ胴重ねて髭面の大男が天下無双と自慢していたそうじゃないか」

「ふん、どこかの邸に出仕したい輩が死体を拾ってきただけのこと。斬り殺したのは則光だ」

「おい、それほどの強者なのか則光は」

「そうだ」

「もう関わらない方がいいんじゃないか？」

「ふん、何を言う。あの日のことを忘れたのか。あの雑言を。このおれに向かってしゃあしゃあと」

「しかし力で敵わないとなるとどうするのだ？」

「三人でだめなら十人だ」

「またやるのか？」

「ああ。時を見てな。いくらなんでも昨日の今日とはいかない。奴もたとえ平然と構えていたとしても、心の中は相当荒ぶっているはず。人を三人も斬ったのだからな。手負いの獅子も同然。そんな状態で襲ってもこちらの被害が増えるばかり。血の臭いが消えてからだ。それにはかなり時がかかろう。それまでゆっくり待つさ。それからのことだ。時が来たらまたやってやる。今度は決して失敗せん」

「そうか」

「今は根合わせの方だ」

「そういえば、このところ豸隗と豸慘の姿が見えんな。また武蔵に遣ったのか？」

「武蔵の浮野はやめだ」

「では一体どこに？」

「驚くなよ。備前だ」

「備前？　それはまたどうして」

「昔大井で聞いたことがあってな。桁違いらしい」

「凄いのか？」
「ああ」

（註）
①理方＝122頁註⑪参照。

（六）

清少納言は連日物憂げな顔をしていた。作年の根合わせで皇后様は、中宮様に全く敵わなかった。皇后様は遊びとお心得になられ、気にはなさらなかったが、藤式部の小賢し気な勝ち誇った顔を見るのが何とも気の重いことだった。根と共に披講された歌で負けたとは思わない。しかし菖蒲根の方は全く敵わなかった。比べ物にならなかった。

女房たちの噂では、去年の冬、中宮様の台盤所の頭の命婦の命を救った祈禱僧の連れてきた、薬師の心得のあるという女が台盤所に入り、その女がどこやらから菖蒲の根を整えたという。その出どころは何人《なんぴと》にも分からなかった。

去年は、目の前にしても信じられないほどの長大な根を出されたことで、それまでの僅かな長さの差で一喜一憂した、あのおっとりとした優雅な勝負から、ただただ勝ち負けだけが頓着され、勝方が他方をともすれば嘲《あざけ》るような素振りを見せるまでになってしまったことに清少納言は心を痛めていた。

御簾の中の皇后様は如何様に思われただろうか。あの後も少しも勝負には拘《こだわ》らず、いつものようにただ静かに落ち着いたお話を女房たちとなさるだけであった。勿論中宮様とてそんな勝ち負けを言種《ことぐさ》にする御気配もお示しにはならないし、藤式部もそこまで無教養ではない。

　心ある者はその後で、ただひたすら長い根を提示するだけで、遊び心を知らないと批判したが、それが負け犬の遠吠えと取られたのも、致し方がないことであった。

　しかも昨年の根合わせの勝負がついたとき、廂の階《きざはし》の下、その隅の地べたとはいえ、そこに入ることも許されぬ端女が薄ら笑いを清少納言に向けたのが折に触れて心に浮かび上がり、そのたび不快感が甦っていた。

　思い出さぬように努めたが、根合わせが近づくにつれ、その嘲笑いが鮮明になっていくようだった。

　その端女が宮様のおられる内裏の中とは思えない、聞く者が聞けば必ず対象が清少納言であることが分かる、巷でも耳を押さえたくなるような雑言を、その出どころが決して分からぬような巧妙なやり方で、台盤所近辺で振り撒くのが、清少納言の下にも風の便りで伝わってきていた。

　それは今や無視できないほどになってきていたが、否定すれば却って噂に信憑性を増すという、世間によくある話で、そうなると何とも手の施しようもなくますます鬱々とした気分にさせられていたのだった。

「どうされた、女房殿。憂かない目をなさって、もうすぐに頼信らがお前の粽《ちまき》を狙って押し寄せて来るよ」

清少納言の局《つぼね》を訪れた夫橘則光が、わざと清少納言の気を引き立てるかのように屈託のない声を出した。

「節会《せちえ》が近づきました」

「菖蒲か。そうか、もうそんな季節か。困ったな。豸恵のところのあの溝鼠、いつの間にか出しゃばりおって。去年はあれの菖蒲だったのだな。その上口を開けば悪口《あっく》、両舌《りょうぜつ》①止まることなしとも聞く。諫《いさ》めればその者にまた悪口が降りかかるとやら。藤もほとほと手を焼いているようだが、あの溝鼠め、どこかで懲らしめねば」

「お関わりなりますするな。あの目つきは怖い女性の証です。でも頭の命婦は信じ切っていま御前《おんまえ》が仰られた通り」

「ともかく菖蒲だな、今は。おや、足音がするぞ」

「まあ大変。早く粽を持って来なくては」

粽を取りに行く清少納言と入れ違いに、頼信と方弘が賑やかに入って来た。

「あれ、頼信殿。粽がない。則光殿が皆食べてしまったのかな」

「蔵人様。今お持ちいたしました。則光様が召し上がられたのではございません。どうぞご安心を」

「おい、方弘。またいみじう笑われるかな、と書かれるぞ。ほれ、少納言様は一升枡ではなく、二升枡にこの通り山と持って来てくださった」

大笑いが起きたが、方弘には一体何のことやら見当もつかなかった。

「こら、鼻潰れ、お前こんな時にだけ顔を出すなあ」

局の階下、泥濘にならぬよう石を敷いたその上に、鼻潰れが翁丸と並んで早く粽を寄越せとばかりちょこんと跪いている。頼信の邸で舎人として過ごすうちに、いつの間にか翁丸と馴染んでいた鼻潰れであった。頼信が粽を数個鼻潰れに投げようとすると、

「ほら、鼻潰れ、あなたの分も用意してありますよ」

と清少納言が言い、僅か後ろを振り向くと、まだうら若い小童女と見まごうような女房が山盛りにした粽を盆に載せ階を降り鼻潰れに差し出した。ひったくるように鼻潰れは盆を取り、笹も剝かずにまず一つ。二個目は笹を剝き、半分を翁丸に、残り半分を口に放り込む。翁丸は二、三度口から出したり入れたりしてから一飲みに呑み込み、すぐに盆に鼻面を差し込む。

「ん、お前は？」

階より局に戻ったうら若い女房を見て頼信が不思議そうな顔をする。まだ髪は伸びていなかったが、美しい顔立ちの少女だった。少女は美しい顔のまま美しい笑顔を頼

信と方弘に向けた。

「頼信様、お分かりになりませんか？」

「いや、清殿。お前の妹御か何か？」

「きゃははは！」

「これ、そのような笑いをしてはいけませぬと何度も申していますよ」

「はい」

「頼信、まだ分からんのか、手力丸だ」

「え、なんと――」

「手力丸は女子の衣が好きなのか？」

「さすが方弘様。よくお分かりで」

「そうか、清殿。そう思われるか？」

嬉しそうに方弘は粽を頬張る。

「手力丸は女子だったのか？」

「そうだ、頼信。この小童ずっと隠しおっていたからな。己も知らなかった。それが、ほれ、先月。あの時」

「お前が襲われ、翌日鼻潰れが落下した。あれか？」

「小童震えて失禁しおってな」

「おやめください。殿様」

手力丸は恥ずかしさのあまり清少納言の後ろに隠れる。

「またいつあんなことがあるか分からん。まさかあれをいつ訪れるか分からん危草《あやうぐさ》②に止めおくわけにもいくまい」

「それで清殿に」

「そうだ」

「そういえばこのところ手力丸を見なかったからどうしたのかと思ってはいたのだ。ほーお、変われば変わるものだな。ふむ、いやあ、手力、いい女性になったな。これならいつでも嫁にいける」

「おやめください。頼信の殿様」

清少納言の後ろから顔をのぞかせた手力丸が言葉に力を込める。

「しかし未だによく分らんな。どうして隠れ者が己のところに」

「儀同三司《ぎどうさんし》③の御事もあったしな」

「それは分かる。伊周様も武には長けておられた。大殿様も恐れておられよう。だが己如きに大殿様が関わるわけがない。それなのにどうしてその隠れ者が己に向かって来たのだ。いくら大殿様や、藤に阿《おもね》ると言っても何か釈然としない」

「わしもあれからよくよく考えてみた。それでな、お前、あの去年の根合わせの日、終わってから藤式部と出くわしたであろう」

「そんなことがあったかな」

「あった。確かにあの日だ。弘徽殿の渡殿で藤式部と出会った時、お前何と言ったか覚えておろう」

「いや、忘れた」

「そうか。おれは覚えている。お前こう言った。遊び心を知らずして、物語ができるものかな？　とな」

「まあ、酷い」

「確かに言ったかもしれんな」

「藤式部、文字通り柳眉を逆立てたぞ」

「気づかなかった」

「則光様にはそういうところがございます」

「その時、相手にしなければいいのにお前、内裏に下種女を連れ歩くのが昨日今日の文の道ですかな？　とつけ加えたのは忘れてはいまい」

「今思い出した。たしかあの女狐、いや溝鼠か、あの薄汚い端女が豸恵の石頭と謀って治恵を追い出したことが腹に据えかねてな」

「それよ、おれもこのままでは腹がおさまらん。今に痛い目に遭わせてやる。だがな、理はこちらにあっても、逆恨みをするのが溝鼠の賤しさと言うもの。あの気味悪い目はお前を討ち果たすまで仕掛けるのをやめないという目だ」

「則光様。もうそのようなことにお近づきなさいますな」

「しかし、根合わせはもう明後日」

「いえ、弥《や》の明後日」

「今年は何とかせぬと。すべての風雅が損亡《そんもう》されてしまう」

「宮様はそのようなこと何とも思ってはおられませぬ。努々《ゆめゆめ》軽挙はなさいませんよう」

「だが、溝鼠は早く退治しないと邸全体に蔓延《はびこ》るもの」

「確かにその通りだ。しかしあの溝鼠の菖蒲に勝るものと言ったら、それは不可能だ」

頼信が思案顔で伏せていた目を上げると、いつの間にか清少納言の後ろの手力丸が粽の前に進み出ていた。

「お、手力丸、また来たか」

「おれも粽を食べたくて」

「これ、またそんな言葉を」

「でも、奥様。美濃守様を前にするとどうしてもこうなってしまうのです」

「心構えがいけないのです」

「はあ」

「おい、手力丸。早く行儀を覚えるのだな」

「今は常《とわ》という名だ。頼信」

「とわ？　ふーむ。なかなか慣れんな」

「そうでございましょう。ですから私もなかなか行儀を修められないのです。まだたったひと月ですよ」

「はは、頼信やられたな」

「女子はこまっしゃくれていて困る」

重いものが漂っている局にも拘わらず、ひと時笑いが満ちた。

「お行儀はまだ一つですが、素直な子です。宮様にもかわいがられ……」

「ほう、そうか。そうなるとこれに言い寄る者もすぐに出てこよう」

「私はそんな者相手にはしません」

幼い頬を染めてむきになって頼信に答える。

「そうか、そうか。しかしな、そうは思っていても思うようにならぬのが世の常。どうだとわ、いっそわしととわの契りを結ばんか。そうすればどんな者からも逃げられる」

「いやです。絶対に」

「女子は最初は皆そう言うものよ。のう、則光」

「頼信様、もうその辺になさいませ。こんなに困っているではありませんか。かわいそうに。まだほんの子供ですよ」

「いや、本気だ」

「徒事《あだごと》④ばかり申されて」

「今本気になった。そろそろわしも身を固めんとな。母御もいつも心配しておる」

「ほう、やっとその気になったか。どうだ、手力丸、頼信はいい男だぞ」

「殿様までおやめください。私は手力丸です。常ではありません。今殿様は、やっぱりそうお呼びになられたではございませんか」

「ほれ、お二人の負けです。その辺になさって。あら、方弘様、そんなにお召し上がりになってお体に障りませんか？」

「やあ、もう入らん。一升瓶に二升は無理だ」

方弘の前には笹が山と積まれていた。

数個残った自らの盆の粽を頼信は鼻潰れに差し出した。階より上がっていいものか迷う鼻潰れを改めて呼び寄せ、頼信は盆ごと渡す。則光も食べ切れなかった幾つかをそれに載せた。とっくに食べ終えていた鼻潰れは嬉しそうに受け取ると、翁丸と仲良く食べ始める。翁丸ももう口から出し入れすることなくむしゃぶりつく。

一人と一匹は二盆目を平らげると、またどこかへ去って行ってしまった。

（註）

①両舌＝仏教語で二枚舌のこと。ちなみに悪口はここでは同じく仏教読みで「あっく」と読む。

②危草＝絶壁などの危ないところに生える草。

③儀同三司＝准大臣の別の呼び方。儀礼での格式が三司（太政大臣、左大臣、右大臣）に同じであるの意。藤原伊周が自ら名乗ったのが始まり。

④徒事＝実のない言葉。浮気な行為（源氏）

（七）

「頼信、そろそろ鼻潰れも帰した方がいいのではないか」

「そうよな。根合わせの時季ともなれば雷様もいらっしゃる頃。天上も手が足りんかもな。だが、あれもうすのろのように見えて実は至極敏捷。やはり天からの者。薄ら馬鹿に見えて時に賢い。結構それが面白くてな」

「かわいそうな鼻潰れですこと」

「まあそう言ってくださるな清殿。わしも考えてはいるのだ。ふむ、鼻潰れをのう。そうだ、清殿、先ほどのこと」

「先ほどの？」

「根合わせのこと」

　一座は再び沈黙に陥った。

「何とかなるかもしれん」

「おい、それはまことか？」

「そう言われると、しかとは答えられんが。恐らく」

「なんだかはっきりとしない物言いだな。お前らしくもない」

「ふむ、そのことだが、藤式部の菖蒲はあの溝鼠のもたらしたもの」

「ふむ。では豸恵が絡むか？」

「豸恵は大ばか者。銭に汚いことと、ばかにしか通じない理屈で相手を貶《おとし》めるしか能のない売僧。諫められれば目を怒らせて逆恨みをするだけの石頭。主犯は溝鼠」

「では相手にせぬのが一番か」

「本来それが一番であろう。しかしあの溝鼠、内裏の隅に入り込んでしまった」

「お蔭で豸恵もよい羽振りとか」

「清殿も治恵はご存じであろう」

「あの美しい講師」

「そうだ。しかし外見だけではない」

「確かにあれほどお若いのに深いお心の御説法をなさる。あのようにすぐれた講師にはお目にかかったこともありません。もう一度お聞きしたかった。でも精舎を出られたとか」

「その発端が石頭と溝鼠。治恵律師の知恵と説教のうまさを妬み嫉《そね》む豸恵と、寺を足掛かりに禁庭に上らんとする溝鼠の思惑がぴたりと一致」

「それに邪魔なのは師の照恵住持と治恵律師、ということ」

「それで照恵住持西往《さいおう》①の直後、治恵を追い出した」

「恐ろしいこと。それで今、治恵様は？」

「嵯峨野の庵《いおり》で念仏三昧の後、何を思ったか春日に詣で、今は室生の龍窟にて修行と」

「まあ頼信様、よくご存じで」

「わしと則光、助元、方弘は治恵と同門」

「年下の治恵様に教わっておられたとか」

「それはお前のつまのこと。わしはいつも褒められていた」

「則光様、そうなのですか？」

笑いつつ清少納言が尋ねる。

「お前の父御のところへは頼信父御の御不孝があって参らなかった。為時様が御存命ならばすべてが明らかになろうが、今となっては……」

「則光、お師匠往生なされてほっとしておるのだろう。おられたら何を言われるか」

「それこそお前のこと」

「もうおよしなさい。今のお二人を見れば誰だって分かります。やはり治恵法師とは大違い」

「大違いと言えばそれは豸恵であろう。のう、則光、お前のところにも例の話は来ただろう？」

「例の話とは？」

「もう小一年になるかな、あの戒定寺の大仏とやらの話。豸恵が戒定寺を乗っ取ってすぐのことだ」

「ああ、あれか。聖武の天子様の御慈悲にあやかり西蔵様式生身大仏を建立するとの」

「それよ。宮様の安穏と民の救済とはよくぞ言ったものだ。何やら禁庭に上った命婦の御寄進を基に豸恵が発願したと仰々しく書きつけたものを持って参った」

「口にできないほどの悪筆悪文」

「それだ。しかし仏像建立とあれば断るわけにもいかぬ」

「お前、寄進を？」

「ああ、白銀を一枚と記帳した」

「おい、そんなにか？　頼信」

「ああ。確かに。お前は？」

「治恵を追った売僧に出す浄財はないと、はっきりそう言ってやった」

「それはそれはまたしても恨みを買う真似をしたな。こと金に関しては、豸恵頗る執念深い。その恨み心は底知れぬぞ。そうか。だがおれのところでは、母御が文を受け取ってしまった。それでみ仏様の御事という母御の思いでな」

「そこまで人を謀るのか」

「しかも受け取ると、新畠の少録《しょうろく》②はめをとで黄金十八枚と言って、わしの母御の喜捨を投げ捨てるように三方《さんぽう》③に放り投げた、と母御嘆いていた」

「何という守銭奴。しかもできたものは、御仏様ではなく泥人形だったとのこと」

「お前、まだ見てはおらぬのか？」

「治恵がいなくなってからは、照恵和尚の中陰の日を境に足を踏み入れておらぬ」

「照恵和尚中陰の時にはまだできていなかったのかな」

「中陰の日はすぐに帰ったであろう。お前も一緒だった」

「そうだった。母御は落慶のあないを受けて、あれほど喜捨の折にいやな目にあったにも拘らず、御仏像落慶を喜んで、是非にも合掌したいと言うので同道した。

豸恵は、西蔵より渡来の大仏師の手になる丈六の具現浄土説法仏と、事あるごとに言っていたが、御仏どころか夜叉でも鬼でもない。得体の知れない塊が、粗末な小屋に置かれていた。箔も偽金とすぐ分かる代物。

周りに諸菩薩のこれまた生身の絵姿を八相成道《はっそうじょうどう》④を暗示して、八枚描いたとやらだったが、西蔵の絵とはこれなのかとばかり、それらしきものが描かれているだけで、その絵から説法も天楽も聞こえては来ぬ、二度と目にはしたくない悪筆。

豸恵大得意で参詣の者の前で落慶の儀をやり、いずれ国の宝となる像と画と大言したが、母御は気が抜けて、網代にも上れぬ始末だった」

「豸恵の金蔵だけが満足したというわけか」

「しかり」

「二人してそれでは仏罰が当たろう」

「それを待っているわけにもいかぬ」

「一体どうしようと？」

「お前、あの溝鼠、武蔵の国から菖蒲を手に入れたと窃《ひそ》かに囁かれているのを知っておろう」

「いや、初耳だ」

「私も知りませぬ」

「めをと仲良きは、この上なき慶事」

「おからかいあそばすな」

「いや、げに妬ましきこと」

「もうよいわ、分かった。で、どこでその噂を知ったのだ？」

「お前のように殿上に出仕しても、いつも妻女に膝枕《ひざまくら》をしてばかりいるをのこには到底分かるまいが」

　則光と清少納言はさっと離れる。

「これ、無理をしなくてもよいわ」

「そうだ。一升甕《がめ》には二升は入らぬわ。無理するでない」

「方弘、またそれか。だからお前、いつも清にからかわれるのだ」

「私は、蔵人様を揶揄したことなどございませぬ」

「いみじう人に笑わるるものかな」

「まあ、頼信様。仰いますこと」

「それで頼信、お前どこでそれを？」

「それよ、わしは出仕すればいつも大内裏を隈なく警護して回る」

「警護？　膝枕を探して隈なく女房方の曹司を巡っているとの評判」

「何やら識《しき》の御曹司《みぞうし》⑤、西の西面の立蔀《たてじとみ》⑥辺りで毎日膝枕くをして、勤めを怠るばかりの怪《け》しからん守を諫めに参るのだ」

「おやおや、お口の減らぬこと」

「清様までそんなことを仰るか。まあよいわ。ともかくその折にな、渡殿辺りを通った女房が頭の命婦の曹司の蔀《しとみ》越しに、武蔵の国の浮野郷という深在郷より手に入れたと、あの溝鼠が小声で話すのを聞いたとやら」

「治恵の話では溝鼠、大井の隠れたる渡し場で豸恵に拾われたということだったが。それが、こたびは利根の流れに？」

「溝鼠には溝鼠の道があるのだろう。これまで何をしてきたのか全く分からぬ奴。恐らく我らには計り知れぬ生業を」

「そしてその間に怪しい世間知を」

「胡乱《うろん》⑦なる薬師の業も得たという。毒草には特に詳しいと。左大弁様の御台も頭の命婦も」

「まさか薬で操った？」

「あの愚鈍の豸恵の祈禱で治るか？　口を開けば銭ばかり。あとは西蔵で人を謀れると思っている石頭」

そこで頼信は一つ咳払いをして豸恵の声音を真似る。

「少僧の魂とそなたの霊と祈禱の間に話をする……」

「おお、うまいのう。目の前に石頭がいるようだ」

「あの売僧、経もろくに読めん」

「確かに。口は智慧ものぶってはいるが、本性は低能。筋の通らぬことばかり話し続け、そのうちに相手が根負けする。それが通じぬとみると、あの賤しい目つきをさらに極悪にして、大声を上げて恫喝だ」

「愚鈍ゆえの恥知らず。正論しか用いぬ常人が敵うわけがないか」

「それよ」

「では、どうする？　石頭と溝鼠と同じになって、己たちも武蔵に行くと言うのか？」

「武蔵の国、浮野郷というのは随分深いところとか。たとえたどり着けたとて、一体どこに花があるのやら。それがあの溝鼠の自信の源。今からでは訪ねるだけ無駄というもの。しかも先ほどの女房の話には続きがある」

「何と」

「備前の国には浮野の菖蒲根が子供に見えるほどのものがあるという声が聞こえたというのだ。その時女房の気配を察して声が途切れたという」

「随分と事細かな話。さてはその話の出どころこそが、頼信、お前のおもひびとだな」

「まあ、頼信の殿様、そのような方がいらっしゃりながら、この私にお声をかけたのですね。何という徒人《あだびと》⑧なのでしょう」

「こら、手力。お前わしを信ぜず、則光の軽口を頼りとするのか？」

「うちの殿様は徒言《あだごと》は申しません」

「おれも徒言を言ったことはない。いつも真実を語っているのだ」

「でも、私には徒言に聞こえます」

「則光様がいけのうございますよ。頼信様を貶めるようなことを仰るから、常が咎《とが》むのですよ」

「な、そうであろう、清殿。どうだ分かったか、手力。お前の奥様もかように仰られている。これからはわしだけを信ずるのだ」

「いやでございます」

「一人信ずるとも、二人は信ぜられぬかな」

「方弘、またそれか。分かった分かった。確かに己が余計なことを言ったのがいけなかった。だが頼信、それではただ手をこまねいて、溝鼠の勝ち誇った嘲笑を待つと言うのか」

「ふむ。この先は二人で」

「己は如何に」

「そうだ。方弘には極めて大事な役目がある」

話もろくに聞いていなかったように見える源方弘であったが、極めて大事な役目と聞き目を輝かせた。

「まあ、頼信様、ここまでお話しになって後は内緒ですか？　酷いこと」

「いや、内緒というわけではありませぬ。ただ時は迫っております。話よりも実行。ともかくお任せください。但し、契り置きはいたしますが、叶うとは限りません」

「それは分かっております。決してご無理はなさいませんように」

「とりあえずこれまでのように、中の関白様のお邸の菖蒲はご用意なさってください」

「それはそのつもりでおります」

「私が一番立派なのを、きれいに取って参ります」

「常、お前」

「私は手力です」

「そうか、手力、任せたぞ」

「はい。頼信様」

「しからば則光、方弘、参ろう。清殿、朗報をお待ちくだされ。常、あの話の方はまたこの次だ。待っていろ」

常こと手力丸は、また頰を染めて俯《うつむ》いた。


（註）
①西往＝西方極楽浄土に往生すること。
②少録＝式部省、中務省等の下級官僚。正八位上。
③三方＝神仏に供物等を載せたり、儀式の折物、書状等を載せる台。
④八相成道＝釈尊の一生を八つに分け、成道（さとり）を分かり易く示すことをいう。
⑤識の御曹司＝皇后、中宮の仮御所ともなる、大内裏の殿舎。
⑥立蔀＝格子の裏に板を張り、室内の仕切りとして用いる。
⑦胡乱＝でたらめ、いい加減、疑わしい。
⑧徒人＝浮気者。

（八）

同じ日、実仞はそろそろ豸隗、豸慘が戻る頃と、戒定寺に戻っていた。既に戒定寺を豸恵と二人わが物にして二年半が過ぎようとし、どこよりも寛げる場所になっていた。

実仞が帰ると時を同じくして、豸隗、豸慘が二人してそれぞれ大樽を背に備前より帰山してきた。その場で二つの大樽を確かめた実仞はこの上もない満足顔を見せた。豸隗らはいつも不機嫌に金切り声を上げているばかりの実仞が、にこやかな顔を見せたことに、却って不安を感じたくらいだった。

「よくやった。これで万全だ。お前、見ろこの菖蒲根」

豸恵は大樽を覗き込んだが、青い葉の下に桶一杯にとぐろを巻く黒いものが見えただけだった。

「長いのか？」

「見れば分かるだろう」

「広げてみないとよく分らん」

「戯《たわ》け！　何度も出し入れして途中で切れでもしてみろ。今までの苦労が台なしだ。

そんなことも分からんのか。よし、このまま涼しい宝蔵《ほうぞう》①に入れておけ。弥の明後日取りに来る。それまで決していじるな。おい、お前、触ってはならぬぞ！　いいな」

「ああ、分かっているわ」

左大弁を騙して祈禱の評判をとり、その勢いで頭の命婦②を謀《たばか》りうまうまと内裏に入り込んだのは一昨年の弥生のこと。その翌年に武蔵国は浮野の、八尺にも及ぶ菖蒲の根を、実仞は頭の命婦に差し出した。それで最終的に頭の命婦を籠絡した。頭の命婦の位を上げるとともに、実仞自身の内裏での立場を形作ることにも成功した。

あとは雑仕女ではなく何としても命婦になること。そして石頭に八講をさせて自らの出自にも箔をつけることだけが残されていることであった。

「大仏には物見人は大勢来ているか？」

「いや、何分にも場所が悪い。境内は牛車で一杯。空きはあそこだけとはいっても、牛車の入れぬ隅に据えたのはまずかった」

「なに、誰に向かって言ってるんだ」

牛車を停めよと言ったことのせいで、大仏の場所が隅になり、人が来ないと言われたと思った実仞は、自分に落ち度があったと言われたと受け取り、例によって金切り声を上げげた。

「い、いや。そういう意味ではない。豸隗はじめ牛車番が気が利かず、案内をせんものでな。今厳しく叱りつけているところだ。明日、明日にも山と人が押し寄せよう。安心してくれ」

「ふん、お前相手では安心もできんわ。まあよい。お前が言い出したことだ。この次来るまでに成果を上げておけ。今はあの則光と頼信の餓鬼を二度と立ち上がれんように懲らしめることが先決」

「それにしても、こたびの備前はとみに日和も好かったようだのう」

「それよ。ためしに持ってこさせたものも、浮野とは雲泥の差だったがな。今日のはおれも腰を抜かしそうになった。あのしたり顔の清少納言のアマの泣きっ面を早く見たいものよ」

「後ろの則光、頼信も大恥だ。則光の小童、わしに悪態をついたばかりか、去年はわしの西蔵生身説法大仏建立寄進依頼状を豸隗に叩き返しやがったそうだ」

「頼信はたった白銀一枚か。かかまで連れて来ながら」

「貧し男。垂乳根《たらちね》の葬式のためと貯めた稲束でやっと寄進したとか。それが白銀一枚」

「哀れなものよな。しかし彼奴らそれだけでは決して済まさぬ。見ていろ。あの二人を叩っ殺してやる。そしておれはこの准定額寺出自の身元の確かな命婦、お前は八講の講師。糞則光と糞頼信の地獄で泣いて悔しがる姿を早く見たいものだ」

常の如く酒が入ると悪口に限りのない実仞が、酔い潰れ、頭の命婦の下種からのお下がりの網代に押し込まれるように乗せられ、台盤に戻ったのはもう夜が白む頃だった。

（註）
①宝蔵＝仏の宝、すなわち経典などを納める蔵。
②命婦＝元は律令制で四位、五位の女官および五位以上の官人の妻の称。平安時代中期以降、後宮の中級の女官や中臈の女房の総称。

第三章

（一）

とうとう今年も端午の節会の当日となった。今年の根合わせには別の意味合いもあって、淑景舎①で開かれることになった。既に入内されていた彰子が、めでたく中宮②に立后③されたその手始めの祝いの席でもあったからだ。

様々な思いをそれぞれの心に秘めて、三々五々人々が淑景舎に集い始める。入堂の折に、階の隅とはいえ此度《こたび》も平然と控える実仞の姿を認めた女房たちの間からは、静かながらも非難の声が漏れた。しかし実仞は全く意に介さず扇を弄ぶ。

実仞を命の恩人と常々謝する頭の命婦も、さすが台盤所の下働きの下種女がこの場にいることが許されぬことを、今年こそははっきり言わなくてはならないと思っていた。

しかしただただ命の恩人ということから、考えもなく実仞を近くに置いてしまったことで、しかもその口では表現できない恐ろしさ、この二年間にわたってじわじわと不快な雰囲気を盤所を中心に沁み込ませてしまった実仞の、恥知らずな人間にしかできない、そしてその恥知らずゆえに制御できない恐ろしさを知ってしまった自分の口からは、実仞に殿上に入ることを禁ずるとは言えず、仕方なしに人を介して伝えたが、

「紫式部様か宰相の君様、もしくは頭の命婦様にじかに言われるならともかく、その他の方から言われることに貸す耳は、この実仞にはございません」

平然と言い放つ実仞を抑えることは何人にもできなかった。

上段の簾の中に皇后と、中宮になったばかりの彰子が座し、中宮の横の簾には御堂関白もその座に着いた。

このような祝賀の根合わせであっても、いつも深いお心配りをする御堂関白は、正しく根合わせをすることが一番の祝いと厳しく曰《い》った。その立派な言葉にまた殿上人たちは心打たれた。

御堂関白の言葉添えもあって、華やかな中にも心地よい緊張感を伴って根合わせが始まった。女房たちが次々に華麗な歌を披露し、自慢の菖蒲を差し出す。そのたびに、落ち着いた上品な雰囲気の中、華麗な賞賛のため息が漏れる。簾の中は勿論覗《うかが》うことはできないが、皇后、中宮の感嘆の吐息が聞こえるようであった。このままならば、僅かな差で一喜一憂して恙《つつが》なく終わるはずだ。例年ならば最後から二番目が中宮の局、つまり紫式部たちの番であったが、今年は立后のお祝いを兼ねて、中宮が一番最後。そしてその前が、清少納言たち皇后側となった。

四日前より、夫則光らとの連絡はぷっつりと途絶えた。確《しか》とは約せぬとは言っていたが、根は間に合わないとしても、この場には来てくれると清少納言は信じていた。

則光の姿が見えないことで、清少納言の胸は心細さに張り裂けんばかりになっていた。

宮には一昨年そして昨年のような思いをおかけしたくない。勝ち負けではない、嘗ての雅《みやび》な遊びならばいかなる結果に終わろうとも、競《くら》べが終われば長き根を褒め、心地よき歌を諳《そら》んじ、書き記して宮や、曹司の女房たちと時を忘れて楽しく過ごすことができた。

しかし、昨年は全く違ってしまった。圧倒的な根が提示され、そこに邪悪とも思える怨念が込められていることを誰しもが察知していた。

御堂関白はああ仰られたけれども、中の関白がお隠れになったためであろうか、一方が一方を攻め、その勝ち負けだけが興味の対象となり、それまで不運であった者はその負け方に思いを晴らしたような気持ちを持ち、また、中の関白に恩義ある者は、自らに同じ不運が訪れぬよう顔を伏せ、剰《あまつさ》え勝ち方を持ち上げようとすらするようになってしまっていた。

中宮はそのようなお方では決してないし、紫式部とてそのような始末を欲するほど無教養ではない。しかし事はその方向に動き出してしまっていて、今となっては止めようもなかった。

次々に菖蒲とそれに合わせた歌が披露されていく。その場その場では感嘆の声、賞賛のため息が漏れる。しかし誰の胸にも、今年のこの特別な祝いの日である根合わせもこのまま一昨年迄のように、平穏に、和やかにいくことはないという思いがあった。

今年はめでたい立后を寿《ことほ》ぐ根合わせである。だからこそ、昨年のような破壊的な事態が二年も続いたとなれば、礼儀だ、習わしだというような型に嵌った遊びごとを根底から覆すことになり、したり顔に作法を振り撒く連中を狼狽えさせ、あわよくば失脚させることもできるのではないか、という殿上人とは思えないはしたない思いも漂っているかのようであった。

恐らく一人一人の心のうちを見れば、そんな破壊を期待するようなことを思う者は一人もいなかったはずである。しかし心の僅か隅に潜んでいる、誰もが持つ些細な悪心が独り歩きして、誰ということなしにこの場に充満してしまっていると言うべきなのかもしれない。

そこまで明確には意識しなかったではあろうが、それこそが実例の一番望むことであり、また、これまで洗練されたもののみを長い時間をかけて作り上げてきたこの内裏の営みが、そのあまりの純粋さゆえに、実例のような邪悪で粗野な異分子に対する抵抗力を如何に欠いていたかということを示してもいた。

（註）

①淑景舎＝「しげいさ」とも。内裏後宮の一つ。東北隅にあり、女御《にょうご》（中宮の次に位し、天皇の寝

所に侍した高位の女官。主に摂関の娘がなり、平安中期以後は女御から皇后を立てるのが例となった）、更衣（平安時代の後宮の女官の一。女御の次位にあり、天皇の衣を代えることを司り、天皇の寝所にも侍した）の局。

②中宮＝一条天皇の御代、藤原定子を皇后、彰子を中宮としてから、皇后と同格の后の呼び名となった（121頁註⑨参照）。

③立后＝公式に皇后（この場合、中宮）を立てること。

（二）

常《とわ》こと手力丸は、披講《ひこう》①の読み上げる歌を聞くどころではなかった。既に根合わせも半ばにさしかかろうというのに、則光も頼信もどちらも顔さえも見せてくれない。

「なべて世のうきにながるる菖蒲草……」

披講の声の「うき」が耳に入る。なんて憂きことだろうと手力は思う。殿様はどうしたのだろう、叶うことなら、この場を退出して捜しに行きたかった。

小少将の歌に皆感嘆の声を上げた。続いて出された菖蒲根も五尺は優に超える見事なもの。でも根は手力のものの方が格段に長かった。

「寝やの上に根ざしとどめよ菖蒲草尋ねてひくも同じよどのを」

思わずどなたの歌？　と手力は顔を上げた。手力からはずっと離れたところで菖蒲が示された。中将様だった。さすが中将様。歌も根もすぐれたものだったが、手力には自分の採ってきた根の方が遥かに立派であることがすぐに見て取れた。

「君が代に引き比べたるあやめくさこれをぞ長きためしとは見る」

「あやめ草かかる袂のせばきかなまたしらぬまの深き根なれば」

「あやめ草深き入江を尋ねつつ長きためしに今日は引くかな」

比べる根のことなぞ忘れてしまうほど素晴らしい歌が次々と披露される。しかし悲しいことにその歌に酔っていられない手力丸であった。あと四番で清様の番。手力の胸の動悸が否応もなく高まる。

「軒近くけふも来鳴くほととぎす音をあやめに添えて聞くらん」

心配で心配でならない心持ちなのに、なぜか耳にしっかりと入ってきた。一体どなたの？　一番奥の方だった。誰の歌かは分からなかった。心配を吹き飛ばすほどの素晴らしい歌。でもやはり心配は去らない。

手力は自身の前の方にいる清少納言の後ろ姿を女房たちの肩越しに見つめた。いつものように心持ち頭を下げたその姿には、少しも動揺は感じられない。手力は「どうして清様は平気でいられるのだろうか。心配にはならないのだろうか」と訝しんだが、その見事な髪の後ろ姿には何の答えも示されていなかった。

一方清少納言は心の中でこっそり手を合わせ、念仏を繰り返していた。しかしその願いの甲斐もなく、ついに皇后様の番になった。念仏の中、廂の階下の陰に実仞が女房面して跪いているのが、清少納言の目に入った。態《わざ》と清少納言に見える場所を選んだのは明らかだった。考えたくはなかったが、「溝鼠」と言う則光や頼信の悪口が心に浮かんだ。

とうとう則光は間に合わなかった。中の関白様のお邸から、常が元の手力丸の形に戻り、池の水に潜って丁寧に取り出してきた菖蒲の根は常の年ならば文句なしに他を圧する見事なものであった。しかし、それはあくまで元の根合わせならばということである。

それでもまず歌を披露するのが作法。負けの宣言は歌を示して後のことである。披講が清少納言の歌の入った畳をおもむろに開き、短冊を手に取る。

『冬すぎてかかる菖蒲のしらみ枯るもその香残るはいといとほしかり』

披講が三度読み上げた。そして恐ろしいほどの沈黙が訪れた。その沈黙が賞賛と感動のため息に代わる。

一度歌を聞いて、紫式部は正直負けたと思った。歌の出来具合もさることながら、思い人に対する清少納言の愛情の深さ、その安心できる心を齎《もたら》す則光の、清少納言を愛おしく思い続けている心、そのしっかりとした繋がりに敗北を感じたのだった。

そして清少納言は根を示すよう促された。歌心を全く解さず、雅という言葉の対極に住む実仞がこの時とばかりほくそ笑んだ。――この女がここで恥をかくことは即ちあの則光に恥をかかせること。今日は負けを恐れて顔も出せない臆病者に今こそ思い知らせることができる。

常こと手力丸は、今の今まで必ず則光の殿様は奥様をお守りになると信じていた。しかし間に合わなかった。常はおずおずと菖蒲の根を包んだ畳紙を前に座す右近の内侍に渡そうとした。その時、そっと手力丸の袖を引く者があった。振り返るや一気に手力丸の目に涙が溢れた。

「殿様」

まだ息を切らす則光は無言で首を振り、大きな畳紙の包を手力丸に渡す。そしてもう一つ小さく畳まれた書状を渡す。

「書状は勝負が終わってから馬の命婦に」

とのみ、僅かに手力丸にだけ聞こえるように耳元に囁く。その姿は階の下隅にいる実切からは丁度死角になっていた。

負けを覚悟しながら、手力丸より畳紙の包を渡された右近の内侍は、事前に検《あらた》めたものよりも格段に大きな畳紙の、そのずっしりとした重さに、これならばと思ったほどであったが、宮様方の前と、動揺を少しも見せずに畳紙を撰者に差し出した。手力丸はその方は見ずに、斜め前に座る馬の命婦に則光からの書状をそっと渡した。

撰者は徐《おもむろ》に畳紙を開く。

驚嘆の声が上がった。昨年のあの驚異の八尺の根を遥かに超える根が中央に伸ばされた。一丈を超える信じがたい根であった。驚嘆の声は安堵のため息に変わる。

それまでの胸が押し潰されそうになるほどの心配から一気に解放された手力丸は、喜びでその場を弁《わきま》えもせず叫び出したいほどであった。清少納言、右近の内侍、馬の命婦たちが何故こうも微動だにもせず、静やかに落ち着いているのか理解できなかった。

　清少納言たちの心を推し量れば、もし許されるものなら互いに手を取り合って素直に喜びを表したいと思ったことであろう。それを押しとどめるものは、雅心を守ろうとする矜持に他ならなかった。清少納言は涙を隠しつつ、御簾の中の皇后の安堵の顔を心に描いた。

　これでいい、これで勝負だけの根合わせは終わった。これからは長さのみを競うのではなく、また雅に浸る時を過ごせるようになる、誰もがそう思った……そう思いたかった……しかし……

　しかし最後には紫式部が控えている。今年は一体如何なる根が示されるのか、一方でこんな勝負は終わりにしてほしいと思いつつ、場内の人々のもう一方の心は、これから示される根に移っていった。

　紫式部の番になった。

　常にも増して素晴らしい紫式部の歌が披露される。

『何事とあやめは分かでけふもなほ袂にあまるねこそ堪えせね』

　感嘆の声がしずやかにその場にこぼれた。これだけの歌が詠じられるならば、もう添えられる菖蒲の根なぞ本来いらぬもの。それほどに心ある人々は紫式部の歌に酔い痴れた。清少納言の歌とどちらが優でどちらが劣であるか、比べること自体が無意味と直ちに分かる、二つながらまさしく立后の祝いに相応しい歌であった。

元に戻ってほしいと思う人皆、もうこれだけでいいだろうと思った。このまま終わってくれれば、嘗ての優雅な根合わせが甦る、それは実はこの一座のすべての人々の思いであったかもしれない。

だがこの場は根合わせ。宰相の君が二人の女房に信じられぬほど大きな畳紙の包を披講の前に運ばせた。

そして根が出され、実仞の思惑通りになった。

ただでさえ紫式部の見事な歌に酔い痴れた広大な淑景舎を、一気に驚きの沈黙に陥れた。なんとその根の長さは五丈にも及んでいた。昨年の八尺、そして今年の清少納言の一丈。それだけでもう十分だった。しかしこれは五丈。どよめきすら湧かなかった。ただ沈黙がその場を支配した。ありえないこと。そう、ありえないことが現実になってしまった。

思いはただ一つ。あの美しくも雅な遊び、根合わせは滅びたとの思いであった。

だが、たった一人場違いな下種がいた。つまらぬ言葉遊びにしたり顔して、気色だつ殿上人たちに忌々《いまいま》しさのみを覚える実仞であった。心に、——おれの根が、こんな道楽を吹き飛ばした。おれの勝ち！　そうほくそ笑む実仞であった。

〈負けが分かったなら、もたもたせずに逃げればよい……〉

声にならない声、しかしこの息詰まるような静寂の中ならば、どことも知れず湧き出した声のように隅々まで聞こえ渡る声が聞こえた。あまりの不躾さに耳を覆いたくなるような言葉。

出どころを察知した紫式部は自分こそが逃げ出したくなった。清少納言、いやその裏にいる則光にだけは負けたくない一心で、手を染めてしまったことを深く悔いた。それは頭の命婦とて同じであった。二人して聞こえぬ素振りをするしかなかった。

そんな公卿や女御たちの思いを全く理解できない実仞は扇で口元を隠しつつも、してやったりと大口を開けて、喉の奥まで見せながら声を殺して笑いこけた。その姿が場違いなことは、当の本人のみが分かっていなかった。

（註）
①披講＝和歌を詠みあげる人。

(三)

落胆し息もつけないほど落ち込んだ常が清少納言の局に戻ると、則光、頼信、方弘、助元、そして見知らぬ若い僧が談笑していた。美しい僧侶であった。常はその姿を一目見て、このご法師が奥様の常々、『説教《せきょう》の講師《かうじ》①は顔よき。つとまもらへたるこそ、その説くことの尊《たふ》とさともおぼゆれ』と仰られていた方に相違ないと思ったが、常はこんな時にどうして笑っていられるのだろうと、一言言ってやりたいほどだった。

「どうした、常。一人か」

「殿様の奥様は宮様のところに寄っておられます」

「それで、お前はわしに一刻も早く会いたくて曹司に駆けつけたというわけか」

「頼信の殿様にだけはお会いしとうありませんでした」

「おい、則光、手力丸を女房方の間に入れるのは早すぎたのではないか。もう一人前の女房殿のようにわしを焦らしおる」

「もう頼信の殿様いい加減になさいませ。こんな時にそんなことを」

涙ぐみながら言い返す常に、しどろもどろになった頼信は、

「どうした、常、お前らしくない」

　と言うのが精一杯であった。

「清少納言様に言いつけます。こんな時にお笑いになって、しかも私に何て仰られたか。あ、お戻りになられましたよ。さあ、言いますからね」

「待て待て、常、ん」

「皆様。今日は本当に有難うございました」

馬の命婦を後に従えて清少納言が曹司に入ってきた。

「どうされた、清殿。もう終わりましたぞ。清殿らしくない」

「頼信様。馬の命婦も驚いていました。あれほど立派なものを御苦労くださりましたこと、御礼も申し上げず、卒爾[2]なることをいたしました。なんとこのことはすべて頼信様のお力とか」

　頼信は何でもない、と言うかのように中啓[3]を振りつつ、

「ここに集う皆の力。わし一人では何もできません」

訳の分からない常が馬の命婦に尋ねた。

「馬の命婦様。一体何があったのでございます?」

「常、先ほどあなたから渡された文、そこに頼信様は『からごろも』[4]とのみお書きになられていたのです。馬の命婦よりその文を見せていただき、私は皆様がお下がりになられてすぐに、その文を御披講様の下に持参いたしました。丁度そこに公任《きんとう》[5]様も

来られまして、あの五丈の根をお確かめになられたのです。

するとと、確かに菖蒲草そのものに見えましたが、よくよく見るとそれは紛うかたなき杜若《かきつばた》だったのです。それほどそっくりでしたから、公任様、御披講様に、『こちらもこの根には騙されたのであろう。責めることはできぬ』と仰られたのです。それで何事もなしとなったのです」

「どういうことなのですか。常にはよく分かりません」

「今年の根合わせはなしということですね」

「え、頼信様、それは……」

「常、頼信様の仰る通りです」

「でも、あれが杜若なのでしたら、勝ちは奥様。どうしてそうならないのです」

「常、あなたは分からないのですか？　もしそのようなことになりましたら、杜若をお出しになられた側は、一体どうなります？」

「負けになります」

「これ、常。意地を張ってはいけません。あちらにはどなたがいらっしゃると思っているのですか」

清少納言の言葉を引き取った馬の命婦の言葉に、常ははっとした。そんなに重い考えがあるとは思いもしなかった。幼い常の心にも、これからは再び美しい根合わせが行われるであろうことの喜びが湧いてきた。

「分かりました。馬の命婦様。あの階の下で薄気味悪い笑いを浮かべていた雑使女が憎かったものですから」

「相手になさいますな」

「でも見えてしまったものですから」

「もう見ないようにしなさい」

「はい」

「でも頼信様――」

馬の命婦が続けた。

「杜若にしても五丈というのは大変なものです。公任様は『貞観《じょうかん》の御代《みよ》⑥に五丈の杜若の根が記録されてはいるが、そのことを知る者はまずいない』と仰られました。頼信様、公任様は頼信様の御眼にいたく感心なされておられましたよ」

こたびは頼信が常の顔を見て、どうだとばかりにやりとする。

「まあ、頼信様。殿様のお話では、頼信様は全く学問をなさらなかったとのことでしたよ」

「こら！　手力。お前何を言う。今からそれではわが妹《いも》⑦になりし後どのようになるか思いやられる」

「決して頼信様のもとには参りません」

「ほれ、そんな心にもないことばかり言うからお前の主はまた浮かぬ顔をする」

「まだこれからのことを考えているのか？　清」

「はい、御前。覆水盆に返らずと古来申しましょう」

「そうだな。しかし藤式部とて同じ気持ちのはず。もうあの下種は近づけまい」

「そう。確かに気位の高い藤式部。暫くは心悩まそうが、もうこんなことは終《しま》いにしたいという気持ちは皆同じはず。それには何もなかったとするのが一番。中宮様もそれをお望みのはず」

「はい。それは承知しています。それしかありません。ただ……」

「ただ？」

「皇后様と中宮様のお心を煩わせたかと思うと」

「いや、分かっておられよう。立后を祝うことなき日。悪魔の邪心を吹き払い、み仏の清浄心に身を任せることこそが中宮様の御心」

「そうですね。これほどにあなた様方にお世話になりながら心ないことを申しました。でも、大丈夫とはお二人とも仰ってはくださいましたが、一体どこでどうやって」

「そうです。殿様。殿様のお運びになられたのは本当の菖蒲。しかも一丈もあったのですよ」

「こら、常。もう去年、今年の根合わせのことは言わぬはずだぞ」

「はい。殿様。でも分かりません。どうやってあれほどの。しかも牢屋で大蛇に呑まれてしまったはずの助元様までここにおられるなんて。どうしましょう、奥様。検非違使《けびいし》⑧に伝えましょうか。助元様が大蛇に呑まれたと偽って左衛門府下倉の牢屋を抜け出し、清少納言様の御曹司に逃げ込まれたと」

「こら、常、何を言うか。己は何も悪しきことはしていない。無実の罪で入牢され、誤解が解けて堂々と世に出ているのに、逃げ出したとは何だ」

目に笑いを浮かべながら助元が言う。

「でも助元の殿様、頼信様は助元は遊びばかりしていて、ろくに昇殿もしないから入牢された。もう一生出られん、と仰られたのですよ」

「二人ともそこに直れ。仕置きしてやる。こら常、どこを見ている」

「これ、常、何だ。治恵の顔ばかり見おって。女性になれたかと思ったら、まず移り気だけ覚えたな。夫と決めた男児がおりながら話が終わればよその法師に心を移す。怪しからん女性だ。お前の主は一体誰だ。きつく言い置かんとならんな」

「私は決して頼信様と妹背《いもせ》⑨にはなりません」

「こら、常、まだ心にもないことを言うのか？」

「常は治恵に初めて会ったのか？」

「はい。御説法のお噂だけは奥様より伺いましたが」

「治恵法師。これが常こと手力だ」

則光の紹介に治恵は合掌で返した。常も目を伏せ合掌した。

「殿様、さあ、あの根のことをお聞かせください。またどうして杜若と分かったのかもお聞かせください」

「清、お前までそんなことを聞くのか？」

「本当です。殿様。そういうことなら早くお出しくだされればよかったのに」

あの時の負けを覚悟した心細い気持ちを思い出したのだろうか、常は目に涙を浮かべながら、笑みを一杯にして則光に愚痴を言う。

「常。お前はまだ子供だな。まあ気にはなるだろう。お前は心細かったかもしれぬが、己はあの時やっとたどり着いたのだ。今思えばよく間に合ったものよ。馬を飛ばしに飛ばし、内裏の中もそっと走り抜け、あわやのところで辛うじて間に合った。肝を冷やしたのはこちらも同じ」

「足音を立ててくだされればよかったのに。さすればもう少し早く安堵できました」

「こら、常、戯れ言を言うな。宮様のおられる御場所。そのようなまねができるか。音もなく、これ以上急ぐことができぬほど早く参じる、それがどれほど大変だったかお前には分からんのだな」

「殿様は私たちがどれほど不安だったかお分かりになっていません」

「そうか、そうか。まあすべて終わったことだ。機嫌を直せ」

「常は嬉しくてたまりません。あの雑仕女が今頃どれほど悔しがっているかと思うと嬉しくてならないのです」

「そんなことを申してはなりません。あなたの身が下がります」

「はい。でもその上、清様のお歌もこの上なきもので」

「歌は式部様のものこそ立派でした。いずれ必ず勅撰《ちょくせん》⑩されましょう」

「いいえ、奥様の方がお心が籠もっていました」

「そのことはそのくらいにしましょう。さあ、続きをお話しください。一体どうやって？」


（註）
①説教の講師……＝『枕草子』三十一。
②卒爾＝軽率なさま。
③中啓＝134頁註③参照。
④からごろも＝『伊勢物語』に出て来る有名な歌。上の文字をつなげると、「かきつばた」になる。
⑤公任＝平安中期の公卿、歌人。関白頼忠の子。正二位大納言。緒歌、諸芸に卓越。中古三十六歌

仙の一人。

⑥貞観の御代＝清和天皇の時代。八五九〜八七六。

⑦妹＝男が女を親しんで言う語。主として妻や恋人に言う。

⑧検非違使＝平安初期より置かれた。京中の非法・非違を検察し、追補・訴訟・行刑を司った。

⑨妹背＝夫婦。

⑩勅撰＝勅命によって詩歌・文章を撰すること。

（四）

則光らが交互に語った話は根合わせの会場の緊張感をさらに上回る、息をのむような物語であった。清少納言、馬の命婦、常の三人は固唾《かたず》を呑み聞き入った。

話は過日根合わせのことで、則光、頼信が清少納言から相談を受けた日の帰途から始まる。

「頼信、策があるとは？」

「先ほど久し振りに治恵の話が出た」

「ああ、懐かしいな」

「五人で長池に行ったのを覚えているだろう？」

「ああ、あの恐ろしいと言われる池か。随分と昔のこと。樵の老爺に酷く叱られたな」

「方弘があの時池に潜って、菖蒲の根を抜いてきた」

「ふむ」

「あの根を見ただろう」

「そうか、あれか。恐ろしい大蛇のことばかり心に残っていた。確かにまだ春半ばだというのに大変な長さの根だったな」

「それよ」

「おい、頼信。それよと言っても、あの池には十尋もある蟒蛇《うわばみ》が住んでいると」

「それは本当らしい。知らずに近道とあの池の傍らを過ぎる旅人が屡々《しばしば》呑まれると」

「十尋もある蟒蛇。それでは全く歯が立たぬではないか」

「しかしわしたちは無事だった」

「しかし、それは確か、長池の蟒蛇が琵琶の湖の嫁御に会いに行ったから無事だったとあの杣人の老爺が言っていたではないか」

「わしらには運があった。今回もそうとは断言できないが、必ず天は正義に味方するはず。隠れ者を自在に操る溝鼠。危険を冒さずには太刀打ちできん。向こうは捨て身。失うものの無い身」

「しかし、お前も己も潜りは得手でない」

「方弘がいる。のう、方弘」

「相手は蟒蛇。それを知って方弘に行けとは……」

「則光、わしなら大丈夫だ。蟒蛇がいたとしても深みにおろう。岸辺の菖蒲のところまで押し寄せる前に、抜き取ればよいだけではないか」

「おい、方弘、一升枡に二升入れるお前にしてはよきことを言うではないか」

「泳ぎは別だ。お前たちにも、治恵にも負けはせぬ」

「確かに。泳ぐ時には『やや、方弘が汚き物ぞ』とは言うまい」

その言に則光も大笑いをするが、方弘は訳が分からずきょとんとしていた。

粗忽《そこつ》にも御厨子所《みずしどころ》①のお膳を入れる御物棚に沓《くつ》を入れ置いて大騒ぎになった時、かわいそうに思った主殿司《しゅでんす》②等が『誰のだろう、分かりません』と庇ってやったのに、『やや、方弘が汚き物ぞ』と正直はいいが、場違いに名乗り出てしまって、さらに騒がれてしまったことがあったのだ。

「しかしそれでも相手が素早くて、忽《たちま》ち襲われたとしたなら」

「その時こそお前の太刀と、わしの弓で」

「敵うか？」

「やってみなければ。わしに秘策もある」

「秘策とは？」

「まあ見ていろ。わしを信ずることだ。それに相手は備前……」

頼信の最後の呟きは声にならず、則光、方弘には聞こえなかった。

三日後の払暁、則光は約定の場所に騎馬で駆けつけた。必ず騎馬でとの頼信の言であった。方弘も見事な馬に騎乗していた。馬上の頼信は弓矢を背に、片手に大桶を持ち、しかも自身の騎乗する馬の他に、二斗樽を振り分けに載せた、如何にも力のありそうな腹の大きい二頭の荷役馬の手綱を引いていた。

「蟒蛇の一番の好物は酒だ。二斗樽を四樽。都合八斗。これを池の対岸に置く。もし蟒蛇が方弘を襲わんとしても、その前に必ず酒の匂いを嗅ぎつけてそちらに行くはず。この間に方弘は無事根を採るというわけだ。根が採れたらこの桶にな」

「そうか。なるほど、それならば安心だな。だが一人で弓矢に桶に馬を引くのでは大変だ。桶は己が持とう」

「有難い、則光」

「二斗の樽に八斗の酒。ん、おかしいぞこれは」

「方弘、難しい算用はそのくらいにしておけ。お前にはこれから一番大切な役目があるのだからな。しかもその上、ほれ――」

頼信は隣で駿馬に騎乗する助元を示す。則光もどうしてここに助元がいるのだろうと不思議に思っていたところだった。

「頼信、助元もお前の秘策の一つなのか?」

「そうよ。助元の『還城楽《げんじょうらく》の破《は》』③のことは、お前も聞き及んでおろう」

「なるほど、あの大蛇の一件か。これは強い味方だ」

則光、頼信、方弘、治恵の幼馴染の近衛介、清原助元は、左近衛府に出仕していたが、府役懈怠《ふえきけたい》④により、例の蛇巣食うと恐れられていた左近衛府の下倉に召し込められたことがあった。

入牢されたその夜半、案の定大蛇が出て来たという。その頭は祇園祭りの獅子頭ほどもあり、銀色に光るその目は提灯のようで、その舌は三尺もあったという。その大蛇が大口を開けて助元に迫って来た。

助元は恐れおののきながらも懐より笛を取り出して、「還城楽の破」を吹くと、大蛇は助元の顔近くに迫りながらも首を高く上げて笛を聞く気色を見せた。そして暫く聞き留まると、掻き消すように巣穴に戻ったという。

左近衛府の下倉より生きて戻ったのは後にも先にも助元一人だけであった。助元はにやりと笑うと懐より笛を出して振って見せた。

「助元が一緒なら安心だ。蟒蛇には何といっても助元だ」

「いや、則光、油断はならない。聞けば、相手は下倉の大蛇が子供に見えるほどの蟒蛇とか」

「そうらしいな」

「下倉の大蛇も優に三間を超す大物。しかしそれが十尋とあらばまるで桁が違う」

「案ずることはない。太刀に、弓に、蛇封じの笛。それにまだまだわしには奥の手がある。安心していろ」

「頼信、随分な自信。で、その奥の手とは」

「じきに分かる。それよりも時間がない。飛ばすぞ」

頼信は馬に鞭《むち》を当てる。則光、方弘、助元も遅れてはならぬとそれぞれの馬に鞭を当てる。荷役馬の速歩に併せて進むのがもどかしいようだった。夜が明けきり、朝日も高く昇ろうという頃、四人は長池に通ずる森に着いた。頼信を残し他の三人は飛ぶように馬を下り、森の入り口の木にそれぞれ馬を繋ぐと、木の下を進んで行った。四斗樽を向こう岸に据えたならすぐに戻るから、それまで池には入らぬように方弘に固く忠告をして、頼信は荷役馬を連れ森を迂回して池に向かう。

「さて、ここからは心せんと」

森を抜けると則光は、嘗て三人の暴漢を一刀のもとに倒した大太刀を抜き身に持ち、進む。その後に続く助元は、見事な菖蒲の群生の見える池の畔《ほとり》に笛を構えて立つ。方弘は既に下穿き一つになって、合図があればいつでも池に飛び込めるよう待ち構えている。

十尋もある蟒蛇が悠々と住む池とあって、彼方の岸が見えないほどの大きな池だった。その反対の岸に迂回していった頼信であるから、戻るのに時間がかかるのは則光らも承知してはいた。しかしいくら待っても頼信は戻って来ない。

何にしても待つだけというのは時が長く感じられる。今にも池に飛び込まんとする方弘をなだめながら、則光と助元はじりじりとしながら池の畔を警戒しつつ行ったり来たりしていた。

「おい、則光、それにしても遅すぎないか？」

「うむ。そうだな。確かに」

「見に行ってこようか」

「もう少し待ってみよう。まさか向こう岸で蟒蛇に出っくわしたとは思えんが」

「いや、酒の匂いを嗅いで待ち伏せしているかもしれん」

「それはあるな。ふむ。では己が行こう」

「しかし、それでは方弘が」

「いや、もし頼信が蟒蛇に食われたとしたなら、もう弓や太刀では全く敵わんものであろう。方弘を逃せられるのはお前の笛だけだ。蟒蛇が怯んだすきにひたすら逃げてくれ」

「しかし、それではお前が」

「皆を引き入れたのは己だ。方弘だけは助けねば」

「心得た。心して行かれよ」

「ああ、しかし波も寄せてこぬ。めったなことはあるまい」

「おい、則光、聞こえぬか？」

「ん、何、いや何も聞こえん」

「ほれ、大きくなってきた。蹄《ひづめ》の音だ」

「ああ、確かに。さすが笛で鍛えた耳。よくこの微かな音が。頼信は無事だったようだな。おお、姿が見えた」

「頼信。遅いので心配したぞ」

「済まぬ、助元。二斗樽は重い。馬から降ろすにも難儀した。鼻潰れをこちらに連れてくればよかった」

「そういえば今日は見ないな」

そんな話も聞かずに、四人揃ったのを見た方弘は嬉しそうに、

「一番長い菖蒲根、一番長い菖蒲根」

と歌うように言いながら、屈託なく池に走り込み、そのまま潜り込んだ。忽ち方弘の裸身は池の水底に沈み、僅かに立てた漣《さざなみ》が群生する菖蒲を揺らした。

今度は方弘であった。いつまで息が続くのか、呆然と見守る則光らが、いくら何でもこれは尋常でないと不安に思っても浮き上がる気配もない。

「則光、これは？　まさか、呑まれたか？」

「いや、十尋もある蟒蛇が来れば波も立とう。蟒蛇ではない」

「では一体？」

「まさか水底で菖蒲に絡まれて身動きができずに溺れたのでは？」

「こうしてはおられん。あとは頼む」

弓を捨て池に駆け出す頼信の前に、則光は激しい音を立てて水に駆け込んでいった。

「待て、則光、方弘だ」

目の先に方弘の頭が池の面にぬっと出て、大きく息を吐くのが見えた。手には巻き取っていない、褐色の長大な糸の束のようなものが見える。泳ぎながら方弘はそれを則光に投げる。

「うわ、これはどうした。何という長さだ。方弘よくやってくれた。これで大丈夫だ」

則光が驚嘆するのも無理はなかった。それは尋常な長さの菖蒲根ではなかった。まるで見目こよなく良き人の髪のようであった。

「さ、方弘、衣帯を着けろ。帰るぞ。いつ蟒蛇が来るか分からん。もう酒も飲みほしている頃だ。さ、早く」

「則光、もう一度行っていいか？　もっとすごいのがあったんだ。何、半分まで引っ張ったんだが、何とも息が続かなかった」

「いや、方弘これでいい。十分すぎる。これならあの溝鼠に負けやしない。お前をこれ以上危険に曝《さら》すわけにはいかない」

「大丈夫だよ。そんなに時間はかからない。あと少しだったんだ」

と言うや再び潜ってしまった。

「方弘！」

則光、頼信の二人は同時に叫んだ。しかし方弘の姿はすぐに消え、後には菖蒲の群れが揺れるだけだった。と同時に焦りでかすれたかのような笛の音が立った。何事と根を持つ則光と頼信が振り返ると、青ざめながらも必死で「還城楽の破」を吹く助元がいる。則光と頼信は池の対岸を見る。そして思わず後ずさりをした。

まだ遥か遠く、しかし彼方の岸の、小さく見える森の木を凌ぐ大木が、突っ立ったままこちらの岸を目指して、すざまじい勢いで寄せて来る。

「方弘、危ない！　早く戻れ！」

二人して聞こえるわけもない水の中の方弘に大声をかける。

「頼信、弓だ！」

長大な褐色の菖蒲根を岸に投げつけると、則光は頼信の弓を手にするのも確かめず、太刀を手にするや、再び池に突っ込んだ。頼信は巨大な熊をも射抜く鋭く大きな鏃《やじり》の付いた矢を弓に番《つが》えると、弦を一杯に引き絞り、押し寄せる大木に狙いを定める。今や大木ははっきりとその蟒蛇の上体を見せた。

一尋も二尋も首を水面に上げ、その先の頭を前方にしならせ、獲物を目指し、一寸の躊躇も見せず真っ直ぐに突き進む。狙いはあくまでも池に潜った方弘にあるようだ。菖蒲の群生の淵で、胸近くまで池の水に浸かりながら則光は太刀を振りかざす。

「蟒蛇、己は陸奥守橘則光だ。お前の敵は己だ！　いざ、来い！」

蟒蛇はその声に菖蒲の脇に太刀を構える則光を見つけた。瞬時に頭をそちらに向け今度は則光を目指す。まだ距離は少しあるとはいえ、考えられないほどの大きさの蟒蛇だった。十尋というのは水面に乗り出す体の長さのことだった。水の中の胴がどれほどの長さがあり、どれほどの太さなのか見当もつかない蟒蛇だった。

今や蟒蛇は怒りに満ちた光を目に湛え、則光を呑まんとその鎌首の口を思いっきり開け、黒色の巨大な舌を見せながら駿馬《しゅんめ》よりも速く泳ぎ寄せる。さすがの則光も死を覚悟した。常人には振れぬほどの大太刀とはいえ、この蟒蛇にあってはその舌先を傷つけるのが精一杯。ともかく自分が呑まれる間に方弘を救うことだけを則光は考えていた。

助元は愈々《いよいよ》強力に、笛も割れんばかりに「還城楽の破」を池全体に響かせる。さすが還城楽であった。則光に近づくにつれその音に阻まれて蟒蛇の寄る速度が鈍くなってきた。則光は勝てるとは勿論思わなかったが、この笛の音があれば少なくとも舌先ではなく、舌の根深くを大きく傷つけることはできるのではないかと勇気が湧いてきた。

しかしこの大きさの蟒蛇。動きはかなり鈍くなってはいたが、一管の笛だけでは到底抑えることはできなかった。

則光の太刀数間のところまで蟒蛇は迫り来た。満を持して待っていた頼信の強弓から鋭い音を立てて矢が放たれた。すかさず頼信は次の矢を番え、弓を一杯に引き絞るや矢を放つ。

その巨大な目を狙われた蟒蛇は、狙いを予期していたかのように、雷光の如き速さで来る矢を、僅か鎌首を揺らして避ける。矢は目の縁を射抜くも、それは巨大な蟒蛇の頭から見れば松葉が触れたほどにもなっていない。しかし鎌首を振らせることで、則光を呑まんとする蟒蛇の動きを牽制する役は十分に果たした。頼信は次々とその目に狙いを定め矢を放つ。

笛の音はますます高まる。蟒蛇は目の前に迫る。すさまじい大きさだ。則光は今にもくじけそうになる心を叱咤し、何としても方弘だけは無事に帰さんと、二つに割れた蟒蛇の舌をしっかりと狙う。方弘は？　肝心の方弘は未だ潜ったままだった。

その時だった。「還城楽の破」に美しく重なるように朗々たる経文が聞こえてきた。笛に、矢に、動きの鈍くなっていた蟒蛇が、笛の音に重なる読経に狼狽えを見せた。

と、そこに何やら岸を蹴り上がり中空を舞う者があった。それは狼狽する蟒蛇の鎌首に乗ると、恰《あたか》も大馬の背の子栗鼠《りす》のようではあったが、暴れ馬を御するかのようにその頭を押さえ出した。

「こら、鼻潰れ！　危ない！」

何事が出来《しゅったい》したのか理解できず、弓に矢を番えることも忘れて呆然と立つ頼信が、蟒蛇の頭で嬉しそうにはしゃぐ鼻潰れに気づくと、大声を出した。

なんと鼻潰れは全くその声が聞こえないかのように蟒蛇の頭上に大喜びしているかのようにしがみつく。蟒蛇はさも鬱陶しそうに頭を振り、鼻潰れを振り落とそうとする。そこに治恵《よじ》の読経の清々しい声と、助元の「還城楽の破」が重なる。蟒蛇は苦しそうに身を捻る。

のたうち回る蟒蛇が大波を呼ぶ。腰の上まで水に浸かっていた則光は、いとも簡単に波に押され、岸辺に叩きつけられる。引く波に呑まれまいと則光は瞬時に立ち上がり、恐怖の中にも笛を離さぬ助元のところまで駆け寄る。助元に治恵が並び読経している。ますます読経と笛の音が調和し高まっていく。経に併せる助元の笛の音は艶やかにも鋭く伸びる。

のたうち回る蟒蛇はついに踵《きびす》を返した。

則光と頼信は気が抜けたように、茫然《ぼうぜん》と立ちすくんだ。鼻潰れを頭に、池の彼方に向かう蟒蛇を見ても、動悸は治まらなかった。読経と「還城楽の破」は収まりつつも未だ続いていた。

則光と頼信が我に返る。

「方弘！」

蟒蛇の恐ろしさにすっかり忘れていた。二人の呼びかける声と時を同じくして、菖蒲の群生する丁度その中央に方弘が水音を立てて頭を出す。髻《もとどり》が解け、濡れそぼる髪が肩にかかっていた。

「方弘、大丈夫か？」

同時に声をかける二人に返事もせず、方弘は嬉しそうに笑いながら馬手《めて》⑤だけで器用に泳ぎつつ、弓手《ゆんで》⑥に菖蒲の根をかざして岸に向かって来た。

「方弘！　心配したぞ！　お前は魚か？　ちっとも息も継がずに潜りっぱなしで」

「何、一升入る胸に二升入れたから大丈夫だ」

「またそれか。それにしてもこれは……なんという根だ！」

二度目に方弘の採ってきた根は、先ほどのものもこれまでには見たこともない長大なものだったが、それが普通の根に見えるほどの代物だった。まさしく長池の蟒蛇そのもののような根であった。

「方弘、よくやってくれたな。でもお前、蟒蛇には気づかなかったのか？」

「蟒蛇？　いたのか？」

「大波が立っただろう？」

「そういえば水の中の菖蒲が随分揺れていた。でも己はこの菖蒲の茎を摑んでいたからな。そういえば茎を折らぬよう気をつけるのが大変だったぞ」

そう言いながら方弘は則光、頼信の後方に一瞬目を向ける。そのまま呆けたように治恵を見ると、菖蒲を押しつけるように則光に渡し、頼信を押しのけるかのごとく治恵に飛びついた。濡れ解けた髪の下の目に涙を一杯浮かべ、鼻水も拭かずに治恵にしがみつく方弘。

「頼信、治恵が奥の手か！　なるほど」

「室生の龍窟で修行中の治恵だ。これほど強力な味方はあるまい。それで鼻潰れを迎えに遣わした。おい方弘、治恵の衣が水浸しだ。いや、そうだったな。わしたちが為時様の下を去った後も、方弘は治恵と五年も一緒だったんだ」

「知恵は及ぶべくもないが、二人仲が良かった。よほど心が合ったんだな。おい、頼信、ところで鼻潰れはどうした」

「則光殿、心配には及びませぬ」

しがみつく方弘をそのままに治恵が答えた。

「何、治恵。蟒蛇はあのように暴れておったぞ」

「あれは、蟒蛇と鼻潰れが戯《たわむ》れておるのでございます」

「戯れて？　なんだって？」

「鼻潰れも久しぶりに蛇神に出会ったので喜んでいるのです」

「しかしあの暴れようは……」

今は池の彼方に行ってしまった蟒蛇は、それでもはっきり見えるようにのたうち回っている。

「おい、則光、よく見てみろ。何だか蟒蛇、鼻潰れを振り落とそうとしているというよりも、勇躍しているようではないか」

「その通りです。二人で言葉を交わし踊っているのです」

「そうか、治恵法師。御坊、春日から室生に龍華三会を修めに行くと申しておったな。それで分かるのか」

「助元様、少僧まだ修行の身。何も分かってはおりませぬ。ただこの長池はナーガ⑦の池。龍樹《りゅうじゅ》菩薩《ぼさつ》⑧の教えの池ですから」

「それで龍華三会の真言か」

「はい、則光殿。こちらが敵ではないことを知らせたのです」

「そうか、なるほど」

「則光、話は後だ。もう始まる。お前は急げ。間に合わんぞ。ほれ方弘、この大手桶に池の水を入れて、その根を沈めろ。蓋をしっかりと閉めて、水が漏れぬよう細引きでくくる。これでよし。そこのおれの馬に桶を括《くく》るのだ。さあ、則光、この馬を引いていけ。お前の馬に桶を括ってそこにお前が乗ったら重すぎて馬が潰《つい》えよう。わしのと二頭で行け」

「お前はどうする？」

「この力ある馬でのんびり帰るさ」

頼信は酒樽を積んで来た二頭の力馬を指差した。

「さあ、この馬を連れて森を抜けるのが厄介だ。早く行け。おい方弘、なんて頭だ。こっちへ来い。とりあえずおれが結ってやる。早く衣帯をつけろ」

則光は頼信の馬に跨《またが》る。それを頼信が呼びとめた。

「則光、これを一緒に持って行ってくれ。馬の命婦に渡してくれればいい」

「何だ、こんなときにつけ文か？」

「やっと冗談が出るようになったな。わしの父御が備前守だったこと、お前忘れたのか？　それで思い出したことがあったのだ。早く行け。必ず馬の命婦に渡してくれ。いいな」

頼信の目に籠もる真剣な光に、則光は深く頷くと書状を胸の奥に大切に押し込んだ。

「頼信、方弘、助元、治恵、有難う」

「いいから早く、」

「うむ、分かった」

ともかく頼信の馬に跨り、則光は森を目指した。

（註）

①御厨子所＝台盤所の料理をする場所。

②主殿司＝後宮十二司の一。後宮の清掃、湯浴み、灯火などを取り扱う女官。

③「還城楽の破」＝還城楽は舞楽の一。胡人が好物の蛇を見つけそれを捕らえる舞。破は雅楽の序・破・急三楽章の一。曲中拍子が次第に細かくなり、変化が多くなっていく部分。

④府役懈怠＝仕事を怠けてばかりいること。

⑤馬手＝右手。

⑥弓手＝左手。

⑦ナーガ＝龍を表すサンスリット語。

⑧龍樹菩薩＝ナーガールジュナを音写。初期大乗仏教を確立した学僧。『中論』『大智度論』等を表し、「空《くう》」の思想を確立した。

（五）

「私のために皆様命をかけてくださったのですか。人知れぬ池に行かれたのだとばかり考えておりました。蔵人様よく御無事で。難儀おかけしてお詫びする言葉もございません」

「蔵人というのは己のことか？　方弘と呼んでくれんと、異人《ことひと》を呼びたくなるね。清殿」

「何だ、また分からぬことを言う。先の除目でめでたく蔵人になったのではないか、お前。しかし清、方弘が真に命がけで頑張ってくれてのことは無論だが、助元の笛と治恵の読経がなければ、我ら今頃ここにはおられまい。二人には本当に助けられた」

「いやいや、わしの笛なぞあの蟒蛇には通ぜん。せいぜい下倉の大蛇までだ。治恵のお蔭。本に神仏のお蔭だ」

「いや、その通り。まさしく神仏のご加護」

「頼信様がみ仏様に頼られますか？」

「おや、異なことを申される。清殿。わしほど信心堅き者はおらぬぞ。どうも皆誤解しておる」

「み仏様も勘違いなさることもあるのですか。頼信様をお助けになるなんて」

「こら、常、何ということを言うのだ。それが婿がね①に言う言葉か」

「どなたが頼信様を私の婿がねにお決めになったのですか」

「それこそ神仏のお計らい。他生の縁②というもの」

「そこまで信心しているなら、これから治恵を導師に説教を頼むことだ」

「いやいや、治恵はまだ龍樹菩薩のみ教えを修めるに忙しいとか」

「いえ、頼信殿、お誘いあらばいつでも参ります」

「いや、これは、蟒蛇でなく藪蛇《やぶへび》であったのう」

一座に笑いが満ちた。

「頼信、方弘、助元、治恵、如何かな、今夜己のところへ寄らんか。己も今日のためにこの日まで日延べを許してもらったが、これ以上は都にはおられぬ。もう既に小者たちは陸奥に遣《や》った。己も明日朝には立たねばならぬ」

「そうだったな。今度はいつ戻れる？」

「いつとは言えぬが、たびたび戻ることにはなろう」

「そうか。別れを惜しむ間もないな、これでは」

「それで今晩はどうかと言うのだ。それにこの頃父御がよくお前らの昔語りをする。こうして五人逢うことはめったにない」

「そうか、中宮亮《ちゅうぐうりょう》殿③お変わりないか。久しくお会いしていないな」

「そうだろう、助元、是非寄っていかぬか」

「うむ、急なことで大丈夫か」

「それはかまわん。では頼信、先に行っててくれるか？」

「お前は？」

「すぐに駆けつける」

「ふふ、そうか。旅立ち前の今日だ。めをとの話もあろう。では先に行って待っている。常、めをとの邪魔をしてはいかん。わしらと一緒に参るか？」

「でも……」

「行きたいのでしょう、常。行ってらっしゃい」

「よろしいのですか？　奥様」

「よいから楽しんでらっしゃい」

「そうそう、鼻潰れはどうした？」

「やっと戻って来て、翁丸と戯れているわ」

「鼻潰れに、翁丸、常。以前のようだな」

「さ、常、行こう。則光、暗くなる前にお前も戻れよ。いやな予感がする」

「うむ、溝鼠か？」

「いずれ何か仕掛けてこよう。用心に越したことはない」

「陸奥守殿、ここにおられたか」

「これは大納言様、先ほどは挨拶もせず」

「いや、こちらも大殿様に呼ばれて急いでおった。ところでちと申し上げたきことが」

「公任様」

「清殿せっかくのところ申し訳ないが、少々舅《しゅうと》殿に話したきことが」

「先ほど斉信《ただのぶ》の宰相④がお探しになっておられましたよ」

「そのことで則光殿と三人、折り入って相談が」

「大納言様お久しゅう。では則光、わしはこれで」

「頼信殿すまぬな、則光殿をお借りする。これは方弘の蔵人殿。父御は先ほどお下がりになられましたぞ」

「一歩急ぐに二歩先んぜられたな」

「ん、それは一体……」

「大納言様、さあれば。さ、方弘、訳の分からんことを言うな、行こう」

「左様ならば。助元殿、いずれ」

「は、大納言様」

「して、大納言様。話とは」

「それよ、あちらで斉信殿も待っているはず。そちらで」
「は」

（註）
①婿がね＝やがて婿になるべき人。かねて婿にと思い設けた人。
②他生の縁＝前世、来世の縁。
③中宮亮＝中務省の一。中宮識の長官を補佐する役。識の四等官の第二位。従五位下。
④斉信の宰相＝なりのぶ、とも。正二位大納言。一条天皇期の四大納言に数えられた有能な人物。『枕草子』『故事談』などに頻出。

第四章

（一）

根合わせが終わると、勝利に酔う間もなく実仞は一人の老下級役人に呼ばれた。階を上がろうとすると、老役人は鋭く目を怒らせ中啓で台盤の方向を示すと、外を回って台盤出口に来いと命じた。人とも思わぬ無礼な態度の老役人に眉を逆立てた実仞だったが、『あと一時もすればおれは紫式部から、いや、うまくすれば宮から褒められて、お前らとは立場がすっかり変わるわ。その時になって吠え面をかくなよ』と屈辱を抑えながら台盤に回った。

しかし台盤に行くと、中に入るのを門衛に止められた。押しのけようと手を出したところに先ほどの老役人が現れた。その老役人から発せられた言葉は実仞の思いを真っ向から打ち消すものであった。

「爾後、台盤には入室せぬこと」

一言そう言うと、老役人は台盤の中に下がった。後を追おうとする実仞を今度は台盤の雑仕女が行く手を塞ぐ。実仞が、

「無礼な！」

と言ってもせせら笑うばかりであった。再び庭を回り頭の命婦の曹司までこっそり

行く。曹司の階を小石で打つと、何事かと小女が顔を出す。小女は動転して内に入ると、改めて頭の命婦が出てきた。

「頭の命婦様、何故です」

「門番小屋の下種ならば何とかできるかもしれません。でも確とは約定できません」

と苦渋に満ちた顔つきで返答をした。実仞には訳が分からなかった。一つ思えることは、実仞の手柄を我が物にしたい奴がいるということだ。しかしそれだからと言ってここまでの仕打ちがあるだろうか。

「訳をお聞かせください。訳を……お聞かせください。頭の命婦様……」

「あれは、杜若《かきつばた》でした。それほどまでしても勝負にこだわるのかと、誰しもが思いましょう」

杜若。実仞は愕然とした。ここまで来てそんな迂闊なことをしでかすはずがない。あれは確かに菖蒲のはず。はず……だが……いや、調子に乗っていてそこまで確かめなかった。まさか、船宿の騙りどもの言うことを信じたのが間違いだったのか。どうする。

「昨年、私が馬鹿な真似をしなければよかったのです」

「馬鹿な真似？」

「お前のあの根を用いたこと。下種の戯れに貶《おとし》めたと申される方もいます。私さえ昨年むきにならなければ……。愚かでした。後悔しています。すべて私の責任です。お前には、何とか門番小屋の下種にしてやるのが、今私にやっとできることなのです」

かろうじてそれだけを言うと、頭の命婦は再び曹司に入り、あとは物音一つしなかった。実仞は階の下で暫し茫然と佇んでいた。懸命に頭を働かせようとしたが、何の知恵も浮かばなかった。

勝負に決着がついた後、階の下から懸命に伸び上がり中を覗いた時、確か小娘が馬の命婦に、何やら怪しげな文をこっそりと手渡していたのを、実仞は見逃さなかった。あの小娘、確か則光の使いだったはず……くそ！

いや、今ならまだ間に合う。内裏の中すべてには知れ渡ってはいないはず。実仞はまさしく床下の溝鼠の如く、誰にも見られぬよう弘輝殿の渡しに行き、例の隠れ者の潜む隠し部屋の戸を打った。

「頭の命婦様より……」

声にならぬ声で命を下した。そしてそのまま寺に戻った。

いつぞやの豸恵と同じく、額に思いっきり土器《かわらけ》①を叩きつけられ、夥しく血を流した豸隗と豸惨が、方丈前の敷台《しきだい》②に蹲るように座っていた。その後ろには豸翁、豸巻らが地べたに額を擦りつけて蹲っていた。金切り声を上げながら次々と土器を投げつける実仞を見ながら、豸恵は、豸隗はじめ屑どもが折檻を受ける番でよかったと安堵した。

「お前の心も分からぬではないが、杜若は杜若。もう済んでしまったことだ。仕方がないだろう」

「この糞坊主、したり顔で何を言いやがる。なれのその石頭もかち割ってやるか？　やっと摑んだ禁中の地位。薄ら馬鹿で石頭のなれの無能さゆえ、おれが徒手空拳でここまで登ったものを、この穀潰しどもがすべて台なしにしおって。ああ、おれもよくよく運がない。ああ、この穀潰しどもだけを行かせるんじゃなかった。甘かった。おれが一緒に行って差配を振れば、こんな馬鹿な事態は招かなかった。

　この糞坊主。なれの八講なんぞ未来永劫実現しない。八講どころかなれのような石頭、わしがいなければすぐにここを追い出されるわ。あー、この馬鹿どもがとんでもないことをしてくれて、くやしい、くやしい……ふん、だが見ていろ。糞則光。今夜こそお前の最後の時。出しゃばりすぎた報いを受けろ」

「例の侍どもか？　しかし則光は奴らを一人で三人、苦もなく倒したとかいうではないか」

「十人だと言っただろうが。忘れたのか、この石頭」

「何！」

一番気に障る悪口に豸恵は言葉を荒らげたが、実仞は相手にせず続けた。

「まあ見ていろ。くっそー。奴らとてあの日の失態を繰り返すことはない。今夜で最後、と言ってやった。だからこたびは全力を挙げよう。奴らおれに首根っこ摑まれているからな。しかし明日になればおれのことも奴らに伝わる。そうなったらもう使うことはできない。だから今夜だけしかないのだ。則光さえ亡き者にすれば、奴らに用はないからどうでもいいのだがな」

「そうか。明日が楽しみだな」

「ああ、いいきびだ。ふふ」

則光を既に討ったつもりになった実仞は、いつしか酔いも相まって機嫌も良くなっていた。そしてさらに大口を開けては酒をあおった。


（註）
①土器＝7頁註④参照。
②敷台＝式台とも。玄関先に設けた一段低い板敷。客を送迎して礼をする場所。

（二）

「助元殿、楽はそれまでにして、もう一杯」

心地よい酔いに『胡飲酒』①を朗々と披露した助元に、則光の父が酒を勧める。

「さ、頼信殿、方弘殿も重ねてくだされ。酒を進む、君停むる莫《な》かれ。治恵法師は本当に白湯でよろしいのかな」

「有難うございます。遠慮は申しません。少僧もこの白湯で良い気持ちになっております」

「それはいい。では頼信殿、助元殿、方弘殿、さ、さ」

「一杯、一杯②、復一杯。我酔いて眠らんと欲す。卿且《しばら》く去れ」

「美酒三百杯③、愁《うれ》い多くして酒少なしと雖《いえど》も、酒傾くれば愁いは来たらず」

「これは遉《さすが》にてて様。盃を挙げて④名月を邀《むか》え、影に対して五人となる。ですかな」

「所以《ゆえ》に酒の聖なるを知る⑤」

「いやあ、参りました。てて殿。則光が戻る前に、酔い来たって⑥空山に臥す。となりそうです。おい方弘、そうは思わんか。なんだお前、もう月に乗じて⑦高台に酔うか」

「いや、うーむ、己は一枡甕。二升は入らぬ、むん……」

「何だ、また一升か」

「方弘もさぞかし疲れたのだろう。朝から水に潜りっぱなしで」

「ん、それは何のことですかな。助元殿？」

「いやあ、お父御、実はな、今日は……」

助元が逐一話すと、則光の父橘敏政は嬉しさ半分心配半分の顔をする。

「ふむ、元に戻るなら何より。しかし皇后様も中宮様もこのような次第お嘆きになろう」

「父御、その通り。それで今則光殿、大納言様、斉信の宰相が後策を立てておられます。もうあの溝鼠に謀《たばか》られるようなことはありますまい」

「溝鼠とは何のことかな？」

「いやなに、近頃翁丸が暴れまくったせいか、内裏より猫が減りましてな。鼠が徘徊しているとか」

「ふーむ。仔細ありそうだが、もう年寄りの出る幕ではないようだ。大納言様、宰相様がお考えになられるのならそれで事は済むのであろう」

「これからは和やかになりましょう。少し度が過ぎました」

「そうか、それなら安心ではないか。それなら改めて一杯。ほれ、蔵人殿、方弘殿、起きてくだされ。さ、もう一杯」

「父御、一枡甕に二升は……」

「父御。どうやら方弘は暫く寝かせておいた方がいいようですな」

「そのようだ。ならば、ほれ、頼信殿、助元殿、さ、さ」

「いや、我らももう」

「まあ、そう言わずもう一杯。おや、どうした？　慌てて」

泡を食って走ってきた家司が案内を乞うた。

「どうした？」

「下司⑧が申すには、何やら不穏な者が通りの角にたむろしているとのこと」

「ほっておけ」

「は」

「下司たちも不安でしょう。わしが少々見てまいりましょう」

「いや、もう日も落ちた。それは危ない」

「なんの、見て来るだけのこと。人の姿を見れば立ち去りましょう。野盗か何かで則光に危害があってもいけない。感づかれたと知れば去りましょう」

「では人をつけましょう」

「なんのなんの、陰から見るだけ。鼻潰れ一人で十分です。鼻潰れ、来い」

縁の下で控えていた鼻潰れを呼ぶ。

同じ頃、大納言公任、斉信の宰相との話に思いのほか手間取った則光は、小者を一人連れ急ぎ足で父親の家に向かっていた。道々別れ際の頼信の忠告が甦り、不安な気持ちが募ってきた。己か、頼信か。いや、助元か、方弘、治恵が狙われたらそれこそ一大事。そう思うと、心急《せ》くに任せて飛ぶように駆け足になった。

あと一歩で邸というところで、則光は不覚を実感した。まさか手遅れには……。

小者を残し、太刀を抜き身に走る。邸のもうすぐ前ともいえるところに数名の男の影が見えた。それぞれに抜き身の刀を持ち、倒れている男を囲んでいるのが叢雲《むらくも》の間から差し込む月影に見えた。他にも何人か倒れている。

男たちが則光の足音に気づく。男たちは則光の振りかざす太刀に、無言で刀を構える。振り下ろす則光。

振り払わんと受ける男が一人。そこにもう一人が斬りかかる。駆けてきた勢いのまま振り下ろした刀に力を込め、受けた男を肩口から両断するや、その剛腕に一瞬怯んだかのようなもう一方の男に刀を返し、深々と胴を斬り裂く。呻き声もあげられずに倒れる男たち。あまりの則光の気迫に他の男たちは、倒れた男たちをそのままに踵を返すや、逃げ去った。

則光は絶望しつつ、暴漢に囲まれていた人物に駆け寄った。そこには無数の刀傷を負い、既に息のない頼信がいた。則光は空しくその体を揺すった。側に頼信の倒した男の死骸が三体転がっていた。則光の倒した者二名、そして逃げ去った者が五人はいた。頼信はたった一人で十人も相手にしたのだ。頼信の血塗《まみ》れの体を抱き起す則光の目に、涙が溢れた。

まだ温もりの残る頼信の亡骸《なきがら》を背に負い、則光はともかく邸に戻った。血塗れの頼信にすがりつく常を、皆呆然と見守るだけだった。

「頼信様、頼信様――」

涙ながらの常の声が邸に染み渡った。

翌日、陸奥守という重責につく則光は、父や助元、方弘、治恵ら友人たちに断腸の思いで頼信の葬儀を任せ、常をきつく抱きしめると、涙だけを伴に陸奥に赴任した。

（註）

①『胡飲酒』＝舞楽の酒を愛する曲。

②一杯、一杯……＝李白の詩「山中にて幽人と対酌す」より。

③美酒三百杯……＝李白「月下独酌」その四。

④盃を挙げて……＝李白「月下独酌」その一。

⑤所以に酒の聖なるを知る＝註③「月下独酌」その四続き。

⑥酔い来たって……＝李白「友人會宿」より。
⑦月に乗じて……＝註③「月下独酌」その四続き。
⑧下司＝81頁註②参照。

（三）

「糞則光の奴、這《ほ》う這《ほ》うの体で任地に旅立ったそうな」

「陸奥の国へとな。しかし何が這う這うの体なのだ？」

翌晩、いつになく上機嫌の実仞に、久々に安堵の心持ちで酒を飲み交わす豸恵がいた。

「頼信が斬り殺されたとやら」

「ん、まさかお前、則光ではなかったのか？」

「そうだ。おれがやった。やらせた。戯け者めら、則光と頼信を間違えたようだ。だがおれたちにとってはどちらも不倶戴天の敵。則光もあの剛の者の頼信が八つ裂きの目に遭って震え上がったようだ」

「え――」

「ふん、お前も気をつけろ。今にその首が飛ぶぞ」

「おい、剣呑《けんのん》なことを言うな」

「ふふ、お前なんぞには剣なぞ必要ないわ。しかしお前、糞則光が陸奥に立ったとなると、少し急がんとならんぞ」

「急がんと、とは一体？」

「陸奥は上がりの多いところだ」

「砂金か？」

「そうだ。金の話には頭がよく回るな」

「お前と同じ」

「糞則光が隠し金にでも巡り会ってみろ。それでなくとも山師どもも探られたくないことはそれこそ山ほどあろう。大目に見てもらうためには連中、糞則光のどんな求めにも応じよう。糞野郎はやりたい放題、儲け放題だ」

「そんなにうまい話なのか」

「それでなくて誰が除目に躍起となるか。気取ってみても、銭が欲しいのはお前と同じ。奴らに人をあさましいなんぞと言えるか」

「ふむ。で、則光が儲けたらどうなるというんだ。寺に寄進でもさせるのか？」

「戯《たわ》けたことを言うな。もし糞則光がしこたま儲けて、刑部《ぎょうぶ》の卿①にでもなってみろ、お前なんぞ都を叩き出されるぞ！」

「な、何ということを。しかし……」

「叩き出されるくらいならまだいい。下手をすれば本当に首が飛ぶ」

「おれは何もしていない」

「ふん、左大弁の嬶《かかあ》や頭の命婦の乳に触ったのはどこの坊主だ！」

「あ、あれは気つけのため」

「ふん、何が気つけだ。大法螺も天竺まで行けば言うことなしだ。坊主の両舌は一番の破戒。都落ちでは済まんぞ」

「しかしそれはお前の……」

「そうよ。だからこそ急がなくてはならない」

「またそれか、急ぐとは一体何を」

「この石頭。少しは自分で考えろ。と言ってもその石頭では無理だろうな」

「首のつながる方法があると言うのだな」

「御堂がお屋敷の池で舟遊びをするとか」

「ん、何、御堂とは、御堂関白か？」

「他に誰がいる」

「他に誰がといっても、しかし、法成寺《ほうじょうじ》②とは凄い名が出たな」

「則光、頼信の悪巧《わるだく》みで内裏の方はだめになった。こうなれば、御堂しかねえだろう。力は主上より上。あそこに入り込めば、あの糞野郎がどんなにあがこうとおれたちの足下にもたどり着けん。お前の念願も叶うというもの」

「まさか法成寺の下で八講が」

「そうさな。どうだ、一石二鳥だろう」

「しかしお前、舟遊びということは、お前が昔に戻って舟でも操るのか？」

「この糞石頭。そんなことのためにここまで苦労するか、大馬鹿が。彰子のアマの立后を祝っての舟遊び。それで大池を掘ったってことはなれも聞いているだろう」

「ふむ。それは聞いておる。してそれで？」

「長月[3]の三、五の晩に舟遊びをするとな」

「わしらが招かれるようにするのか？」

「思い上がるな。なれが招かれるわけがあるか？」

「では一体……」

「三、五の晩は何としても晴れなくては」

「それはそうだ。晴れなくては舟遊びはできまい」

「それこそなれの出番」

「出番とは一体何をするのだ？」

「ここまで事細かに言っても分からんのか。正真正銘の石頭だな。豸隗や豸惨をどしめくことしかできぬこの能なしが。こんな役立たずに掻《か》い摑《つか》まれ、なんとわれは不肖なことだ」

実切は態《わざ》とらしく顔を袖で覆う。

「分かった、分かった。どうすればいいんだ。お前のことは知られていよう。手の打ちようがないではないか」

「幸い、照恵、治恵の糞坊主がこの寺を准定額寺にしてくれた。本来資格のないお前でも今は住持。奴らに必要なのは名前だけだ。この准定額寺の名に御堂の家司どもは逆らえん。分かるか。そこに役にも立たぬお前の似非《えせ》祈禱の出番があるのだ」

「言ってることが分からんな」

「石頭！　雨晴らしの法だ」

「雨晴らしの法？　そうか、それで晴れなければ舟遊びはできないと言ったのか」

「やっと分かったか」

「だが雨乞いの法は聞いたことがあるが、雨晴らしの法なんてあるのか？」

「この大虚《うつ》け者、それはなれの役であろうが」

「詳しいことは治恵の役だった」

「おれの前でその名を出すな。なれだってずっと馬鹿にされ続けてきたのだろうが。あんな糞坊主、諳《そら》んずるに長けていただけではないか。雨を呼ばれるのは龍王であろう」

「そうだ」

「だから龍王に縁のある経を読み――」

「龍王の経なんぞ知らんぞ」

「この石頭。今まで何か知った経があったのか？　どれもこれも中途までしか諳んじてはおらぬではないか。叡山に入っては文字もろくに読めず叩き出され、唐天竺と偽っては場末の胡散臭い場所をたむろしていたお前に、誰が本物の経を読めなんぞというか、この赤嘘④つきが。霊だ、あらみたまだ、光だ、と、なれの気味の悪い抑揚で嘘八百を騒いでいればいいんだ。特に龍王様、龍王様とたびたび繰り返してな」

「それでは雨を呼んでしまうではないか」

「戯《たわ》け、最後まで聞け、この石頭。いいか、龍王を讃え、恭《うやうや》しく日頃のお礼を言い、お帰りいただくのだ。間違えても龍王に悪態はつくなよ」

「お帰りいただくということは、その前に雨になってしまうということではないか」

「頭を使え、一句ごとに区切って送仏の文を入れよ」

「なるほど。しかし相手はお天道。そんな偽りが利くか？」

「何、天文博士が来し方をまめに調べ、もっとも雨の降らぬ日を選ぶのだから降るわけがない。なれの偽読経で却って雲でも呼んで、それが暦通り晴れればそれが一番のことだ。まあ、なれのような売僧《まいす》にそんな器用な真似はできようもないがな。しかしあの気味の悪い音声、あれを聞いた者は不気味さに却って信じてしまう」

「それならもっとやってやろう。しかしわしの読経、そんなに下手か？」

「ああ、下手だ。しかしやりようによって価値が生まれる」

「だが、おれが召されようか」

「それは任せておけ」

「何、また薬か、そううまくいくか？」

「他にどんな方法がある。この日のために左大弁の嬶や頭の命婦に取り入ったのだ。御堂の盤所にはさすが豸隗の妹といえど簡単には近づけない。そのため頭の命婦に片栗を飲ませているのだ。いくらおれを内裏から追い出したとて、頭の命婦のアマ、今となってはこの片栗がなくっちゃ生きていけん。おれしか知らぬ妙薬と思い込んでいるからな。これがある限り頭の命婦はおれから離れられん」

「おい、前に聞いたときはまさかと思ったが、随分と簡単に騙されるものなんだな」

「何が騙すだ。安心させてやってるだけだ。片栗なら毒にも薬にもならねえ。それをあのアマは信じてる。ふん、これほどうまい話があるか？」

「さすがだな、お前」

「しかも頭の命婦は紫式部を通じて御堂にかわいがられている。その上紫式部に仕える前は御堂の嬶の倫子に仕える辯《べん》の内侍の下にいたという運の良さ。おれにもその運が舞い込んだってわけだ。これから毎日倫子のご機嫌伺いに通わせるさ。内裏なんか糞喰らえだ。おれは御堂の盤所で頭の命婦を待つのさ。まだ十分時間はある。黄金白銀の夢でも見て待ってろ」

黄金、白銀と聞いて豸恵は胸を躍らせた。

（註）

①刑部の卿＝刑部は司法機関。卿はその長官。

②法成寺＝藤原道長の建立した壮大な寺。

③長月＝陰暦九月。三、五は十五日、満月の日のこと。

④赤嘘＝全くの嘘。真っ赤な嘘。

(四)

劇薬を奸計に用いるという極めて危険な企みもこれが最後との思いで、実仞は入念にも入念に雪持草の根を煎じた。これを御堂関白の御台、倫子の御膳に少しずつ少しずつ飲ませればすべてうまくいく。

次に実仞は頭の命婦を唆《そそのか》し、足繁く立后の祝いに向かうよう仕向けた。頭の命婦もそのつもりではいたが、畏れ多いことと遠慮をしていた。

そこをまず、未だしばしば腹痛を起こすのは、豸恵大和尚の八卦によると、嘗て世話になった辯の内侍に長年無沙汰をしている罰が当たったのだと言葉巧みに脅し、まずは辯の内侍のところに祝いに向かわせた。

そこまで行けば実仞にとって、あとは赤子の手をひねるようなものだった。

外出は気を遣うものだから、未だ回復途上の頭の命婦には、いつ何時でも妙薬を用意できる実仞が側にいなければ危ないとさらに脅し、見舞いに行く頭の命婦に同道することを承知させてしまった。

そして、見舞う頭の命婦を待つ間、畏れ多い邸内には入らず、台盤入り口で待つとのへりくだった物言いをもって、うまうまと台盤に入り込み、御堂関白室《しつ》①、倫子の御膳に連日こっそりと薬を混ぜることに成功した。

倫子内室《ないしつ》②が心地違《たが》うとの噂が秘かに出たのは、それから半月ほどしてからであった。望月の欠けることもなき氏の長者の御台様の御患いと、世間中大騒ぎとなった。八方手を尽くし、名医という名医を呼ぶも少しも快方に向かわない。座主《ざす》③にもお出ましをいただき読経を賜ったが一向に効き目はなかった。藁にも縋《すが》る思いで怪しげな祈禱師まで呼んでみたが、そんなまやかしが通ずるわけもなかった。

満を持して頭の命婦に実仞が耳打ちをしたのは、既に症状が出てから三七の二十一日が経ってからだった。立后の喜びから一転して、落胆のみが御殿を覆ったその時のことだった。

豸恵、実仞の左大弁邸に於ける、そして頭の命婦の病の折の祈禱治療のことは知ってはいたが、根合わせに於ける実仞の所業を知る家司らは敢えてその名を出さずにいた。しかしどう見ても明日も知れぬ症状となってしまった今に至っては、評判の悪い二人に最後の望みを託さざるを得なかった。とうとう家司の督は関白に頭の命婦からの推挙を伝えた。豸恵の名は出さず、准定額寺住持の祈禱のことのみ伝えた。

関白の屋敷から祈禱の依頼を受けた時、実仞も戒定寺の方丈に豸恵と共にいた。慌て飛び出そうとする豸恵を実仞は押し留めた。

「何故だ。やっとお声がかかったのに」

「慌てるな。あと二回くらい呼ばれてから、行ってやるんだよ」

「おい、そんなことを言って声がかからなかったら」

「ふん、くたばるだけさ。こっちは痛くも痒くもない。治せるのはおれ一人。待っていろ。おい、豸隗、迎えの奴に今忙しくて出られないと言っておけ」

「そんなことを言っていいのか」

「ふん、気のちいせえ奴だ。おれに任せておけ」

「しかし――」

「今まで失敗したことがあるか。安心してろ」

「奥様、今新たな迎えが参りました」

「豸惨、忙しいと言っておけ」

「はい。奥様」

「いいのか？　二度目だぞ」

「三度と言っただろうが、この石頭。震え上がらずに、気味悪い祈禱もどきをこれまでになくうまくできるように準備しておけ」

一方、関白の邸では家司らが狼狽《うろた》えるばかりであった。戒定寺よりいつまで経っても良い返事が来ない。朝早く出た迎えの車が空しくからのまま引き揚げるや、すぐさま新たな迎えを送った。しかし寺からの返事は住持不在と告げるばかりである。根合わせの後、最も強硬に実仞を詰《なじ》った一人の家司は震え上がるどころか、瘧《おこり》④にかかって伏せ込む始末であった。せめて豸恵だけでも呼べないかと算段もしてみたが、左大弁、頭の命婦の折にも、祈禱後の介護は実仞を置いて他にはないとのことであった。二人が来なければ来ないほど二人の到来を切望するようになっていった。ともかくこうなれば一度は二人に来てもらう以外ない。それは御殿で働く者すべての願いとなっていた。実仞の焦《じ》らしの策は覿面《てきめん》に功を奏していた。そしてとうとう家司の督が参上することになった。

「奥様、また参りました。こたびは随分と立派な方がご一緒です」

「そうか、相当焦っているな。よし、いい頃合いだ。薬も切れる頃だ。さ、お前行くぞ」

実仞は豸恵を促した。関白邸の家司の督、従五位下源朝常の恭しい迎えに一瞥もくれず、実仞は迎えの網代に乗った。一方、豸恵は、弟子に対しては四六時中怒鳴りつけ、殴りつける等々、立場の弱い者に向かっては平気で乱暴をするも、位の上の者には米搗き飛蝗《こめつばった》⑤のように頭を擦りつける気の小さな男だから、その売僧ぶりは隠しようもなく、家司の督どころか網代の牛を引く舎人にまで頭を下げっぱなしで、網代から一度転げ落ちたりしながら、実仭と同乗した。

関白の邸はその権勢を如実に鼓舞する、内裏をも凌ごうかと思わせる豪壮なものであった。しかも前回頭の命婦の祈禱に行った時は、内裏の四囲にある勅使の門ではなく、下種の出入りするくぐりを通らされたが、このたびは、さすが正門とはいかなかったが、東方の小門から入ることを許され、大層実仭の功名心を擽《くすぐ》るものであった。東方の小門には、大勢の家司、女房が迎えに出、中にはやっと来てくれたと涙する者もいたほどであった。それもまた実仭の自尊心を擽った。

例によって挨拶もせず、豸恵は御台の寝所に案内させ、早速祈禱を始めようとした。しかし奥の御簾を通して垣間見える女性のその姿は、御堂関白の御台というよりも、死相を露《あらわ》にした一婦人にすぎなかった。

その土気色をした御台の顔を一瞥したきり豸恵は震え上がり、腰砕けになり声も出ない有様だった。そんな豸恵がかろうじて読経を始められたのは、遥か彼方の恐らく台盤の方角であろう、何やら人を怒鳴りつける金切り声が一瞬の風向きで聞こえたからであった。石頭を殴られたような気持ちがして、慌てて鉦を鳴らし、香を焚き、例の薄気味悪い抑揚の読経を始めた。

金切り声の通り、実仭は台盤所で我が物顔に、狼狽える女房、端女らを怒鳴りつけ、瓶子、桶、盥《たらい》、白布、白湯を用意させた。

数時が過ぎた。そろそろ頃合と、実仞は女房らに白湯、瓶子、盥等を恭しく捧げさせ、先頭に立って御台の寝所に向かった。

不気味な抑揚の豸恵の読経もどきが聞こえてくる。実仞の後に従う女房らには、これまで聞く読経とは全く別種の、その不快な声と音の高低が、却って霊験あらたかな魔術のように聞こえた。

寝所に持参の物を置かせると、実仞は女房たちを下がらせ、解毒剤の準備を始めた。それが整うと乱暴に御簾を上げ、上段にずかずかと上がった。

「おい、お前、こいつを起き上がらせろ」

「大丈夫か、いつもと違う。随分と弱っているようだぞ」

「それこそ後の覚えが目出度いというもの。こら、こたびは相手が違う。妙なところに手を入れようとするな。丁寧にそっと起こせ。さ、それで口を開くのだ」

僅かに開いた小さな口に、茶色の油紙に包まれた粉薬を含ませると、間髪をいれず実仞はその口に瓶子の白湯を注ぎ込んだ。

「これでよし。もうまもなく悪種は吐き戻される。そのまま暫く支えていろ」

「ふむ。しかし……おい、いつもと違うぞ。吐き戻すどころか顔色がどす黒くなってきたぞ。おい、大丈夫か」

「やかましい！　おい、しっかり支えていろよ。おかしい、もう効くはずだ」

「そんな、おい、このまま死んでしまったらどうするんだ」

「なれの祈禱がでたらめだったと出るところに出て言うさ」

「そ、そんな。わしはお前の言う通りにしただけ」

「准定額寺戒定寺住持豸恵和尚に御祈禱を賜りたい、という話だった。おれはお身拭いに付き添っただけ」

「なんてことを。助けてくれ」

「うるせえ、黙ってろ。おかしい、一体どうなってるんだ」

「おい、どうする。逃げるか？」

「戯け、どこに逃げ道がある。それにしてもおかしい。もう十分に効くはずなのに。

「おい、そんな」

普段見られない実仞の動転した声音に、豸恵は一層震え上がる。

「お、おい、ど、どうするんだ」

豸恵は涙声で訴える。

「しかたねえ、あれしかねえか」

「あれって何だ？　いい手があるのか？」

急に明るい声になる豸恵。

「うるせえ、黙ってろ！　石頭！　いいか、何があっても動かぬようしっかり支えろ！」

そう言うや実仞は御台の上品な小さな口に、その卑《いや》しい、これまで何を握ってきたのか分からぬ汚らしい手を、何の躊躇もなく顎《あご》も外れんばかりに喉の奥の奥まで突っ込んだ。

その途端、ぐっという、その上品な姿からは思いもよらぬ声が出た。すぐさま実仞は手を口から抜くと、御台の華奢《きゃしゃ》な腹をその口に突っ込んだ拳で思いっきり打った。と忽ち御代は盥に向けて大量の悪臭漂うどす黒い汚物を吐き戻した。

間髪いれず実仞は盥を代え、新たな瓶子の白湯を飲ませる。あとはこれまでの繰り返しであった。これまでの二人に比べ数倍の汚物を吐くと、たちどころに御台の顔色は常に戻り、穏やかな寝息を立て眠りつく。今回は豸恵を内仏に向かせると実仞は一人で御台の体を清め、床に就かせた。


実仞と豸恵は別室に通された。別室とは名ばかりの物置のような、如何にも下々が使うと思われる室に、実仞は不快さを隠さなかった。

今度は豸恵と実仞が長々と待たされた。邸の巨大さに比べると如何にも矮《わい》小な、天井際に僅かな明かりとりの窓のあるだけの、薄暗い息の詰まりそうな室に待たされること数刻に及んだ。

「一体どうしたんだ？」

「大方褒美の黄金でも包んでいるのだろう」

「黄金か、どのくらいくれるのだろう?」

「十枚は下るまい。何といっても関白の嫡だ」

「警護に豸隗と豸惨を連れてくれば良かった」

「し、誰か来る」

入室してきたのは如何にも疲れ切った風体の老いぼれた家司だった。

「ご苦労であった。大殿様も大変にお喜びになられた。では下がってよい」

老いぼれた家司はそれだけを言って退出しようとした。

「え、それだけで?」

「何か?」

「いえ、これの言うことはお聞きにならないでください。経を読むことのみに生きてきた世間に全く疎《うと》い高僧です。一つだけ関白様にお願いがあります」

「今どなたの御名を申した。下種の口に上るだけで汚らわしい。この慮外者《りょがいもの》が」

「いえ、滅相もございません。家司様と言おうと思ったのです。お許しを。家司様一つだけお願いが」

「何だ、申してみろ」

「是非お舟遊びの御正当日《ごしょうとうび》⑥に雨晴らしの法を厳修させていただきたく、その段お取り次ぎを」

「下種の申し出ることではない」

「しかしながら、御台様の病を治せたのはこの御坊豸恵僧都のみ。御座主と雖《いえど》も歯が立たなかった難病」

「座主様に失礼を申すな。座主様の御祈願あったればこその、その方の祈禱。思い上がるな」

「しかし、あのお苦しみを」

体面ばかりを考える家司も、半日前までのあの御台の苦しみようを思い出したようだった。しかしそのことはおくびにも出さず、言葉を重ねた。

「くどい。さ、速やかに下がれ。裏に回るのだぞ」

訪れた時の大仰な出迎えが幻に思える、くぐりからのたった二人だけの退出であった。辺りは既に夕闇が迫り、通りの外れの方からは犬の遠吠えも聞こえる。道行く者たちを牛車の上から睥睨《へいげい》しつつ、関白の邸に来た朝方の出来事が文字通り物語のように思えた。

「おい、どこが黄金十枚だ」

「ふん、朝方勿体ぶりすぎたな。連中身を守るため、新たなるものを除こうとばかり考えるのさ」

「関白が」

「ばか、わしらのことが伝わるわけもない。大方家司の督の企み」

「そんなことが……」

「おれたち功を奏したとなれば、関白の沽券に関わるといったとこさ。おれたちに褒美を渡さば、今度は座主の無能を詰《なじ》ることになる」

「骨折り損か」

「もしあの倫子のアマに事あらば、座主にまで責は及ぶ。それでおれたちが、頭の命婦を謀《はか》って押し入り、誤った祈禱で最悪の事態を招いたと言うために、おれたちを呼んだってところだろう」

「それが分かっていながら、何故祈禱をやるように仕向けたんだ」

「心底石頭だな、なれは。あのアマを治したのがおれたちであることは曲げようもない事実。あのアマに事があろうはずがない。あれはおれにしか治せない。それが分かり切っていたから引き受けたのだ」

「どういうことだ」

「だからさっき言っておいただろう。雨晴らしの法と」

「それは聞いたが」

「舟遊びの日には何としても晴れてもらわねば困る。必ず頼んでくるはずだ。例のように頭の命婦に事後の妙薬と言って七日分薬を渡しておいた」

「片栗か？」

「二か月ばかりそのまま続けるさ。それでも埒が明かなかったら、ちょっとばかり効き目のある奴を混ぜてやる。例の少しばかり腹の痛くなる薬だ。またあの老い耄《ぼ》れあわくって迎えに来るわ。そのとき雨晴らしの法と引き換えにする。それでも聞かなければ残りひと月間、何回でも飲ませてやるさ。今度は本当にくたばるぞ」

「おい、そんなことになったらこっちも」

「ふん、その前に米搗虫《こめつきむし》⑦のように頭を下げて頼んでくるわ」

「ほんにそうなればよいが」

「当たり前だろう。そうならなければ、今日はただ働きだ」

「相手は関白。黄金十枚は無理としても五枚くらいは出ると思った」

「舟遊びの後は十だ二十だなんぞとけちなことは言わせない。お前は八講、おれは必ず内裏に自分の曹司を持った女房になってみせる。銭で買えるか？　それが」

「もっともだ。あと四月か。待ち遠しいのう」

「楽観は禁物」

「なに、結局関白からのお呼びがないということか？　またただ働きか？」

「上首尾にするためには、あらゆる備えをせんとな」

「よく分からん」

「則光だ」

「しかし奴は陸奥に」

「おれたちが関白のところで祈禱したと聞けば、必ず何らかの妨害をして来るはず。頼信のことを忘れるわけがない」

「お前の仕業に震え上がって、陸奥に旅立ったのだろう」

「それは言葉のあやだ。今日のこともそうだが気位ばかり高い奴らは、おれたちのことをいないものと無視することで気位を保つのだ。たとえ明らかな証拠があっても、おれたちに向かって刃を向けることはない」

「では心配ないではないか」

「おれたちが関白に用いられた時に邪魔をする。そして排除する。それが連中の手だ。そんなものは糞くらえだ。問題は則光だ」

「ならばどうする?」

「まあまかせておけ。おれにいい手がある。まずお呼びがかかるのを待つことだ。それからで十分間に合う」

「そうか。ならば安心していていいのだな」

「くどい。楽観は禁物と言っただろうが。そうだ、今のうちに大仏の背を刳《く》り抜いておけ。人が二人ほど入れるくらいの大きな空洞を作るのだ」

「な、なんと畏れ多い。あれは国の宝となるおれの一番の自慢の正身曼荼羅仏《しょうしんまんだらぶつ》⑧」

「やかましい。何ら銭にもならんあんな土塊《つちくれ》。おれの言うこと聞いていればいいんだ。きれいに蓋をつけて、刳り抜かれたのが決して分からぬようにするのだ。入念にやるんだぞ」

「どういうことだ？　それは」

「舟遊びが終われば納めきれぬほどの黄金が来るからさ」

「おい、お前、そんなにもらえるのか？　それを納めるというのだな」

「ああ、立后の祝いだ。けちなことはするわけがない」


（註）
①室＝貴人の妻。
②内室＝貴人の妻の尊敬語。
③座主＝比叡山住職の公称。
④瘧＝熱病。
⑤米搗き飛蝗＝ショウリョウバッタの別称。後ろ脚をそろえて持つと、米を搗くような動作をするから。転じて、やたらに頭を下げて媚びへつらう人のことを言う。

⑥御正当日＝当日。
⑦米搗虫＝コメツキムシ科の甲虫。体を押さえると盛んに頭を振る。
⑧正身曼荼羅仏＝豸恵の造語。諸仏の生身の姿の仏像の意。

舟遊びまでは四か月。しかしそれは豸恵にとっては期待が大きい分、あまりにも長い月日であった。

（五）

座主にも手の施しようがなかった御堂関白の御台の病を、准定額寺の住持と自称する、怪しげな僧である豸恵が治したということは、決して口外できぬ秘中の秘であったが、人の口に戸は閉《た》てられず、いつの間にか噂となって内裏にも伝わっていた。座主の御祈禱があっての豸恵の読経と強弁はするものの、それが建て前であることは誰もが知っていた。それゆえ、豸恵と実仭の処遇を誰もが決めかねていた。一方実仭はと言えば、豸恵には必ず雨晴らしの修法を頼みに来ると大見えを切ったものの、殿上人の心を読み切れず、不安と悔しさが募るばかりであった。

だが、大殿の御台様の危篤を救ったのは、頭の命婦の豸恵推挙によるものであることは間違いなかった。それゆえその功に見合った力を、頭の命婦は内裏でも大殿の館でも得ていた。そしてそれが豸恵と実仭の力に由《よ》ったものであるだけに、そこに実仭がつけ込まないわけはなかった。

実仭は根合わせの後の、内裏の門番小屋詰めという屈辱を、近いうちに必ず見返してやるという復讐心のみを頼りに堪えていた。今や頼れるのは頭の命婦のみ、とあって機会を見ては、床下から頭の命婦の曹司に近づき、七日ごとの薬を出さぬと言っては、脅したりすかしたりした。

一方何らお呼びのかからない豸恵は寺に籠もるしかなかった。もともと読経、学問には全く得手がなく、というよりも、金銭に対する執着以外に関心を持たない男にとって、実切の才をもって左大弁や頭の命婦への偽祈禱であっけなく大金を得、二束三文の泥人形で莫大な寄進を得た今日に至ると、牛車を止めてそこから幾許かの銭を得るだけの毎日は、あまりにも実入りが少なく堪えがたいものになっていた。

居室の連子《れんじ》窓から、牛車を誘導し車輪を水洗いし車内を磨き上げる豸隗らの仕草を見ては、誘導の仕方が乱暴だ、これでは牛車が来なくなる！　洗い方が汚く態々《わざわざ》止めてくださった客《まろうど》に申し訳ない、詫びを入れろ！　といちいち失態ともいえないことを取り上げては弟子どもを怒鳴り上げ、そのたび頭が割れるほど殴り上げた。

しかし石頭の弟子は岩頭なのか、弟子の頭が割れることもなく、いつしか日が経った。

長月に入って十日ばかりした頃、実に久し振りに実切が戒定寺に戻って来た。

「お前、随分長いこと出仕していたではないか」

「馬鹿ものが。おれが入念に細工をしていたのが分からんのか」

「それは承知してはいるが」

「おれたちのただ働きで頭の命婦が利を得た」

「何だ、そのためにおれたちは苦労したのか」

「分からんのか、お前は。米を取るには肥やしがいる」

「頭の命婦が肥やしか？」

「そうとも。今ではおれに頭が上がらない。ここまで来られたのはおれのお蔭とな。それでおれも十分に因果を含めた。この四月《よつき》」

「ふむ。じゃあ、やはりまた薬を使ったのか？」

「最後の手段にはと思ったが、先に頭の命婦がうまくやってくれたわ。おれの脅しがよっぽど効いているようだ。まあ見ていろ。明日にも来る」

「来るとは？」

「この石頭。ほんにその首にくっついているのは河原石か？　関白からの依頼に決まっておろう」

「ほ、本当か？」

「ああ、明日にも必ず来る。残念ながら池のど真ん中とはいかぬが、場所から見れば人から見えぬところではあるが、邸に極近い陰になった場所に小舟を浮かべて、そこでお前は祈禱を一日続ける」

「一日？　ただ一日経を読むのか？」

「他に何をしようというのだ。真魚《まな》でも獲るとでもいうのか？　それとも公家どもに交じって関白と酒でも飲みてえのか？」

「滅相もない」

「ふん、舟遊びが終われば、関白とは言えぬとも、家司の督と酒を交わすようにはなるわ」

「ま、まさか」

「おれの細工を信じないのか？」

「そうは言わんが」

「このために、ただ働きをして頭の命婦に恩を売った」

「おい、今度は本当に大丈夫なんだな」

「ああ。ところで大仏の背の洞《ほら》はうまくできたか」

「うむ。それは安心してくれ。豸藤が器用でな。心棒を外さずにやるのに苦労したぞ。外からはそんな穴が開いているとは決して分からない」

「そうか。心棒があっても人が入れるのか？」

「人？　何だ、追われた時に隠れるとでも言うのか？　わしとお前二人は入れんぞ」

「人一人くらい入れるほど大きいのかって聞いているんだ」

「それは大丈夫。豸藤を入れてみた。男でも心棒を回るように押し込めば十分余裕をもって入れる。黄金、白銀ならば百貫は楽に入るわ」

「そうか、それならよし。ではな……」

実仞は豸恵の耳元に何事か囁いた。

「なるほど、そういうことか。分かった。それならば豸隗と豸惨に打ってつけのことだ。任せておけ」

「確《しか》と頼んだぞ」

「任せておけ」

第五章

（一）

長月三五の名月の日は天文博士①の算に違い、快晴とはいかず早朝の空は雲に覆われていた。秋も深まり、払暁の空気は肌を刺すように冷たくなっている。すべては実仞の予期した通りとなり、豸恵の苛立ちはあっけなく治まったが、今度はこの空模様が口ばかりで小心者の豸恵を震え慄《おのの》かせた。

これも実仞の予言通り、関白の方からは家司を通じて「雨晴らしの法を修せ」との命が下種の使いで寄越されたきり。網代も向けられなかった。

実仞はここぞとばかり見栄を張って、三位の乗るような網代《あじろ》を借りた。その借り賃の高さに豸恵は激怒し出し渋ったが、前払いということ、実仞の命ということで、毎晩抱えて寝ている、溜め込んだ金銀を入れた金子袋の中から、如何にも惜しそうに小白銀一枚を取り出した。豸隗にそれを渡す時、散々嫌味を言い、怒鳴りつけ、おまけに数発頭を喰らし上げてから、いやいや渡した。

三位中将の網代は、もう使い切り処分をしようかという代物であった。ついてきた牛も老い耄れて痩せ細ったみすぼらしいものであった。これには実仞も激怒したが今さら替えるわけにもいかず、雨晴らし成満の末は、中将を地の果ての離れ小島に眷属《けんぞく》もろともに追い出してやると罵《ののし》りながら、豸恵と共に関白の邸に向かった。

その剣幕に気圧《けお》された豸恵が、実体のいぎたない悪口の途切れたところで恐る恐る口を開く。

「おい、お前、どうするのだ。明け方からこの曇り空。このまま雨になったらおれのせいにされてしまう」

「ほんにくどい石頭。それならそれで首でも切られろ」

「なんてことを言うんだ」

「頭が石だけでなく、目も節穴だな、なれは。この頃は毎日朝まだき曇るとも、辰の刻を半時も過ぎるとすっかり晴れ渡るのを見ていなかったのか。この大事を何と思っていたのだ。

どうしてこんなこてっぱやに出掛けるか、お前分かっているのか？　曇っているうちに、なれの偽《にせ》雨晴らしの法を修す。偽祈禱であろうがなんであろうが、日が昇り暖かくなるに連れ、晴れるものは晴れる。

しかし関白の顔色ばかり窺っているおもねり公卿どもには冷静な心がなくなっている。今雲だ雲だと大騒ぎしている愚か者たちは、なれの修法が雲を晴らせてくれたと泣いて喜ぶわ。つまりなれの法力に誰もが圧倒されるというわけだ。うまくいけば関白の感涙も見られよう」

「本当なんだな」

「ふん、おれを頼りにしていろ。今はそれどころではないのだ」

「それどころではないとは？」

「糞則光だ。彼奴がどう出るか。彼奴のことだから策は弄すまい。それならこちらのもの。十分に手は打ってあるが、もしあの糞治恵に入れ知恵でもされて、修法のさなか邪魔でもされると厄介。まさか関白の前で暴れることもないだろうが、頼信の仇とばかり度を外されると大変だ」

「しかし則光は陸奥にいるのでは？」

「今日を何の日と思っているのだ。目出度い立后の舟遊びの日だぞ。そこにあのおもねりへつらいやの則光が参じないことがあるか。

しかも彼奴は案の定あの膂力《りょりょく》を買われて次の除目では刑部の卿が決まっているそうな。その土産におれたちを狙うことは十分に考えられる」

「げ！　で、ではどうするのだ」

「豸隗と豸惨はもう出たのだな」

「ああ、しかと言って聞かせた」

「ならば何の心配もない。おれに任せ……おやおやなんと幸先の良い。あそこに迎えに出ているのは糞則光ではないか」

「何！　則光だと！」

「ほれ、北の御門におるわ。馬鹿面して。恐らく家司の一人からおれたちのことを聞いて、追い返そうとしているんだろう。こんな真っ暗な寒空の中ご苦労なこった。ふふ。――これはこれは陸奥守様。お久しゅう」

「無礼な！　下種の者が陸奥守様に車上より声をかけるのか」

則光の伴の者が太刀に手を掛けて牛車を止める。その手を中啓で抑えた則光が不快さを隠して言う。

「どなたかは存じ上げぬが、こちらは御堂関白様のお邸。素性の知れぬ者の近づく場所ではない」

「おや、異なことを。こちらにおわしますは准定額寺戒定寺の御管主《かんす》②、豸恵大和尚ですよ。無礼であろう、陸奥守風情が」

「それこそ異なこと。私の下には大殿様より直に今日の招かれし客《まろうど》の御名がある。そこには載っておらぬが」

「やかましい。おれは頭の命婦様の頼みで参ったのだ。御台様の御治癒以来、頭の命婦様は、大殿様から何人《びと》よりも重宝されておられるお方。たかが陸奥守風情、何を申すか」

「さて、頭の命婦は知らんでもないが、お前たちの件は聞いておらんな」

「ほお、随分と強気なこと。今頃お前の可愛がっていた小娘がどうなっているか、楽しみなことだ」

「なに、手力、いや、常がどうした！」

「さあ、おれは知らん。ただどうしているかなと、な」

「穢し！　常をどうした？」

「知らんと言っているだろう。まあ手遅れにならぬうちに早く捜すことだ。さ、そこをのけ！」

　行く当てもなく則光は駆け出した。門前で網代を降りた豸恵と実仞は下の通用口から邸に入った。ここでも実仞は、次は正門より堂々と入ってやる、と如何にもその育ちの悪さを象徴する唇を嚙み締めた。


（註）
①天文博士＝律令制で、陰陽寮に属し、天体の観測と天文生の教授を司った官。
②管主＝貫主とも。各宗本山や諸大寺の住持の敬称。

（二）

則光は自邸に方弘と助元に来てもらうよう小者に言いつけ、そのまま帰邸した。関白様への御出仕をうっちゃって息を切らせて戻って来た則光に、母御は大層びっくりしたが、その蒼白の顔色に何も言えなかった。

ほどなく方弘と助元が駆けつける。方弘は治恵と一緒だった。

「おお、治恵、御坊も来てくれたか。助かる」

「則光、一体どうしたのだ」

「済まぬ。この大事な日に」

「いや、夕刻より出仕するのみ。今はすることはない」

「昼の御舟の管弦は大丈夫なのか」

「大殿様のお考えで、昼はお若い中宮様の内祝いということで、若人《わかうど》が奏するのだ。おれたちは大舟の現れる日没《にちもつ》にやる」

「そうか」

「わしはいつ行ってもいいのだ」

「方弘にまた迷惑をかける」

「一升枡に二升を入れるのだな」

「そういうことだ」

「で、一体どうしたのだ。血相を変えて」

「いくらなんでも今日はあるまいと思ったのだが、あの溝鼠、牙を剝いた」

「まさか」

「いや、そうなのだ」

「何をやったのだ?」

「常《とわ》を拉致した」

「なに!」

「まことだ」

「頼信に続いて、頼信の許婚《いいなずけ》まで手に掛けようというのか」

「ああ、迂闊だった。清が兄の下に退き、そこに常も従ったから安心していた」

「あの時やはり成敗しておくべきだった」

「ふむ、しかしまともに相手をすれば溝鼠を喜ばせるだけ」

「しかし、まだ大丈夫なのか?」

「今日の御舟遊びが終わるまでは、人質として捕らえているのではないでしょうか」

「己も御坊の言う通りだと思う。いや、そうあってほしい」

「女性とはいえ、人一人を隠す場所だ。そうどこにでもとはいかんだろう。しかも常はもともと手力丸。よほどの場所でない限り自力で出て来よう。あの溝鼠が画策した場所。これは手ごわいな」

「少僧も助元殿と同様に考えます」

「ふむ、そうすると一体どこに」

「少僧が思いますに、これだけの事態で人知れぬよう閉じ込めるとなれば、やはり戒定寺以外には考えられません」

「わしもそう思うぞ。則光」

「准定額寺となるほどの寺。幾つ部屋があるのだ」

「そう言われますと、拙僧《せっそう》①も確《しか》と数えたことはありませんが、金堂、庫裏、食堂、湯屋、鐘楼そして別に宝蔵②が五つあります。あとは門番小屋に寺男寺女の住まいする長屋」

「今日は人手が割《さ》けん」

「ともかくおれたちだけでやろう。時間がない、すぐに行こう」

　戒定寺は御堂関白の邸からは大分離れていたが、卯の刻も既に回った今、境内は関白邸に祝いに駆けつけた客《まろうど》たちの牛車で既に一杯になっていた。豸恵の網代の先導をして関白邸まで行き、早々に戻った豸隗はじめ似非《えせ》小僧たちは、牛車の清掃に精を出す振りをしていた。

走り込んだ則光らに気づいた豸隗らは、侵入を阻止しようと警護の棍棒を振りかざして四人に向かった。

中に治恵のいるのを見取った豸隗は、

「関白様の覚えも高い豸恵大和尚に漸く跪く気になったか！　この糞治恵が！」

と豸恵、実仞の言葉そのままにわめきたてる。その鼻面に、鼻潰れの面を打った頼信の如く則光が拳固《げんこ》を打ち込む。武勇ある則光の拳固は、売僧豸恵の腹立ち紛れの賤しい心をもって打つ拳固とは威力が違った。

鼻も前歯も粉々に打ち砕かれた豸隗は、三間も吹っ飛び顔を押さえて唸る。それを見て恐れをなした豸惨、豸藤は豸隗を助けようともせず一目散に逃げ出した。

「まず金堂から探そう」

「則光、時間がない。ここは四人分かれて捜そう」

「いや、それは危険だ。頼信を襲った者たちが潜んでいないとは言えない。その時四人分かれていては戦うに戦えない」

「そうだな。例の者たちのことを失念していた。あの者どもには則光なしでは逃げることも叶わんだろう。よし、それでは皆一緒に探そう」

「方弘、必ず一緒にいるんだぞ」

「一升枡に四升入れるのだな」

「そういうことだ」

「方弘、お前といると、如何なる時でも安堵するな」

方弘は嬉しそうに先に立って金堂の中を進んだ。


（註）
①拙僧＝僧が自分自身をいう謙称。愚僧。
②宝蔵＝187頁註①参照。

（三）

同じ卯の刻、北門の並び、奥角に位置する下種の出入りする口より邸に入った豸恵と実仞を迎えたのは下種を監察する、皮肉そうな目と口をした小者が一人だった。

「このまま塀際を行くと池の端に出る。そこで祈願をしていろ。決して客《まろうど》様に姿を見せるな」

「祈禱の荷が重いのだが、共に運んではくれぬか？」

「こら、この坊主、一体誰にものを言っておるのだ。わしは北小出入り観察司《かんざつし》①だぞ。身分を弁《わきま》えろ！　この丈で頭をかち割ってやろうか」

「ふん、できるものならやってみろ！」

震え上がる豸恵をよそに、肩を怒らせて実仞が凄《すご》む。修羅場を幾度もくぐった者だけが持つ言葉に、小者は自分の遠く及ばぬ相手と知るや、眼を弱々しく泳がせ、祈禱場に行くよう促す。

「何している、荷を持てと言っただろうが」

「しかしわしはここの番を」

「何こく。それこそてめえの頭のひっかけどこにあるかって目に遭わせてやるか！

わしらを誰と思っておる」

実仞の剣幕には下種相手の小者が太刀打ちできるわけがない。男は豸恵の荷を背負って先に立った。

広大な邸のその周囲を巡らせた見上げるような塀に沿って延々とたどって行くと、漸く池の端に着く。池が鉾の先のように飛び出したところとでもいえばよいのだろうか、そこは池を清掃する下種たちが出入りする水辺となっていて、池には通じているが、池そのものは見えない水溜りのようなところだった。建物の側には丈の高い木々が聳え立ち、瓦一枚見えないようになっている。

豸恵らがその水溜りの端に至ると、池の藻や、舞い落ちた病葉《わくらば》を拾う下種たちの掃除舟が幾艘か並んで杭に括りつけられているのが見えた。舫《もや》い[2]を一杯に伸ばしても池の面が見えるところまでは行けそうになかった。その一艘に荷を背負わされた小者はその包みを音を立てて放り出すと、実仞に怒鳴りつけられる前に踵を返して走り去った。

「人馬鹿にしやがって、こんな場所でやれっていうのか」

「しかしお前、これだけ雲があるのだ。これは必ず降るぞ。そうなった時はわしらに責が来る。ここならこの木に登って塀を越えれば楽々逃げ出せる。却って好都合じゃないか」

「石頭！　さっきも言ったろう。今やっと卯の刻を半時ばかり過ぎたところ。あと一時もすれば雲一つなくなる。それをなれの偽祈禱のお蔭と思わせるのだ。そのためには大勢の人間に聞いていてもらわねばならないだろうが。

まあ仕方ない。いいかお前、その汚い小舟二艘の舫いを外して、こっちの舫いに繋げろ。そうだ。舫いを取った舟を引き上げておけ。流れ出たら大騒ぎだ。さあ、始めるぞ」

二艘の小舟にそれぞれ何艘分かの舫いを繋げると、その端は若干池の面に顔を出した。豸恵は金襴の衣帯に着替える。すると実仞も白い小袖に緋の袴を着け、他方の船に乗り込んだ。

「お前、それは」

「おれもお前の横でこの御幣を振ろう。その方が神仏合わさって、見た者どもには効き目があろうというもの」

「ふむ、なるほど。考えたな」

「ま、今までおれたちを愚弄した連中に、たっぷり吠え面かかせてやるわ。まずは今頃糞則光が頭を抱えて震えているだろうて」

「おい、治恵は何とかならんか」

「あんなもの赤子の首を捻るよりも容易《たやす》いわ。賢ぶっている奴ほど弱いもの。しかし今は祈禱だ。さ、始めろ！」

　豸恵が香を焚き鈴を打ち唸らす。不気味な音声の合間に鉢をめちゃくちゃ叩き捲《まく》る。そこに実仞がさらに気味の悪い金切り声を上げ、足を踏み鳴らし、醜悪な物の怪に取りつかれたかのように身を打ち震わせて、思いっきり御幣を振る。

　御堂関白のご機嫌取りに、めでたく思われようとただただ意味もなく早出をした公卿たちが、丁度暇を持て余している時だった。慶事前のほんのひと時、静謐《せいひつ》な時間が訪れたその時に、御殿の廂《ひさし》からは林に隠されて見えない池の端から異様な声が僅かに聞こえてきた。

　あまりの騒ぎに、聞きとめた殿上人らが御殿の廂より下りて池の端に回ってくる。叫び体を震わせる豸恵、実仞二人の、御堂様の邸の内の振る舞いとは考えられぬ声音と身振りに、集まった殿上人は眉を顰《ひそ》める。しかし、それを祈禱祈願に感服した様と大なる勘違いをした二人は、

「雨晴らせたまえ、おんそわか、雨晴らせたまえ、おんそわか……」

　と実仞はさらに喚き立て、調子に乗った豸恵は重ねて、

「上礼、風誦したてまつるは南無龍王大菩薩、雨晴らしの法頂来成就させたまえ、おんそわか……」

　と無い知恵を絞り、これまでに聞いたことのあるような気のする文言を繋ぎ合わせ

た、意味も通じない似非呪文をがなり立てる。その豸恵を煽るように実仞はまたまた大仰に御幣を振り回し、その足踏みにさらに調子に乗った豸恵は鉢を叩き捲る。そして周りで顰め面をする公卿たち。

とその時、なんと実に実仞の予想通り雲が薄くなる。集まった公卿たちは、汚い小舟の上の何とも賤《いや》しげな男女の不気味な呪法もどきの、そのあまりのいやらしさに却って目を離せないでいるうちに、いつしか取り込まれてしまい、雲の去るのは、豸恵らの雨晴らしの修法の功徳であると信じ込まされてしまっていた。

すっかり快晴になった空の下、二人に取り込まれ、呆けたように佇む公卿らをしっかりと認めた実仞は、ここらが潮時と足踏みを弱め、御幣を止めると、申し合わせたかのように豸恵も乱暴に鐘を打ち鳴らすのを止める。実仞は空に向けてか池の彼方先にか、合掌して目をつぶる。慌てて豸恵も合掌する。豸恵は薄目を開けて実仞の様子を窺うが、実仞は一向に身動きしない。ただただ豸恵はそれに倣《なら》う。

いつしか雲一つ無くなった青空の朝日の中、いつまでも合掌したまま身動きもしない二人に対し、公卿たちはその修法の強力さに畏敬の念すら持ち、何の疑いもなく共に合掌をしていた。その姿を薄目で確認した実仞は、公卿たちに一礼をすると共に、舫いを引き岸に戻る。慌てて豸恵も後を追う。

晴れると共に、醜悪さを忘れた、いやそれどころか感涙さえ催すものとなった祈禱の終わったことを知った殿上人らは、口々にその効果に恐れ入りながら、再び屋敷内に戻って行った。

　その姿が視界から消えた途端、実仞は寝穢《ねぎた》なく小舟の上に寝そべる。多恵もそれに応じ、なんと祈禱什器に足を向けて大の字に寝そべった。

「お前、うまくいったな」

「公家ども、こぞって見に来たな」

「なんとその時雲が晴れた」

「分かっていたのか」

「そうなるとは思った。しかしあそこまでうまくいくとは思わなかった。今頃はおれたちの霊験発露で話は持ち切りだ」

「ああ、戻りしなにも袖を濡らしながら喜びの声を上げていた。で、これからどうするのだ」

「一時毎に祈禱をする。もうおれたちの手柄は邸中に広まっている。関白の耳に入るのも時間の問題。ふふ、この後は天文博士の予言通り晴れのままだ。格好だけつければいい。人が来たら先の如く少し大仰にな」

「楽なものだな」

「馬鹿、ここまで来るのにおれがどれほど苦労したと思っているのだ」

「その通りだ。お前なしでは何もできん」

「えらい今日は素直だのう」

「後が楽しみだ」

「銭ばかり欲しがるな。そんなものはこれからいくらでも手に入る。まずここでの八講の講師を確約させるのだ」

「そしてお前は曹司を持った女房」

「ふふふ、そのためにはもう一働き」

実仞は再び舫いを一杯に伸ばすと船の上に立ち上がり、御幣を手にする。


（註）
①観察司＝邸内を警備する役。
②舫い＝船と船を繋ぐ紐。

（四）

則光らは金堂、裏堂《うちどう》①、そして脚立を立て金堂の格天井の裏まで捜したがなんらの手ごたえも得られなかった。既に一時《いっとき》近く経ってしまっている。これから広い庫裏《くり》、什物室、土蔵、大仏殿と豸恵称する泥人形小屋を捜すとなると、どれほどの時間を食うか既に絶望感すら漂い始めた。

「さあ、次は什物室だ」

自らを奮い立たせるように則光は呟いた。治恵が師照恵と寺にいた頃は各行事ごと速やかに仏具が出せるよう、隅々まで奇麗に整えられていた什物室は、盗人にでも入られたかのように乱雑にかき回されていた。

ざっと見たところ、金物が配された仏具はどの棚にもなく、欠けた容器やらが崩れたように並べられている。床に転がる錫杖などの大きなものも、先端の金具は取られ、ただの棒っきれが投げ出されているだけになっていた。その有様を見た治恵は一瞬眉を顰めたが、無言で庫裏に進んだ。則光らも後を追う。

「金目のものは何でも売り払ったとは見下げ果てた売僧だな」

助元の呟く声が空しく響いた。続いて庫裏の大広間、方丈、小方丈、納戸、押し入れ、入《い》り側《かわ》②、勝手、厠《かわや》、湯殿、部屋という部屋をやはり天井裏まで隈なく捜すが、庫裏はと言えば、どこもかしこも乱雑に物が置かれ、何かべたつくような不潔な印象を受け、照恵が住持していた頃の、小ざっぱりと、誰がいつ訪れても清潔で居心地の良さを感じさせる、如何にも僧院らしい清々とした寺らしいところは全く失せていた。

「人が代わればところも変わるとは言うが、ここまで徹底的に破壊できるとは見上げたものだ」

嘗《かつ》ての戒定寺をよく知る則光が嘆息した。方丈の奥に進んだ治恵が、中陰の時に豸恵が体裁だけのためにいやいや、金堂の隅にほったらかされていた板っきれをもって豸隗に作らせた、前住持のものとは思えない粗末な位牌が、檀の下に落ちていたのを拾い上げ、上部が欠けているのを直そうとするかのようにそっと拭っているのが見えた。後ろ姿の肩が震えているように則光には見えた。

「則光、時間がない、急ごう。次はどこだ？」

「あとは土蔵と雑仕小屋、それから大仏」

「木偶《でく》小屋か」

「おい、則光、いくら出来の悪いものでも大仏様は大仏様。罰《ばち》が当たるぞ、そんな言い方をすると」

「確かに助元の言う通りだ。罰は嫌だ。南無阿弥陀仏、南無阿弥陀仏」

「まず大仏殿だ」

四人は大仏殿に走った。

「それにしても出来が悪い。しかしこの大仏殿のどこが生身立像大仏殿なんだ？　大仏様は結跏趺座《けっかふざ》ではないな。何だこれは座っているのか。下の方をそれらしく固めただけではないか。周りは何やら立ち姿の菩薩様の絵、いやこの粗末さは落書きだ。生身の立像は一体どこにあるのだ？」

「仕方ないさ助元。どこの学問所に行っても自らの覚えの悪さを棚に上げ、三日と持たずに飛び出して挙句は師匠の悪口を振り撒くだけの小僧だった豸恵だ。それが金儲けのためにだけ考えたものだからな」

「それで、生身だの何だの、生半可に聞いた文言をつけたというわけか。学問もないくせに、人を諭すような口調で話す。顔を見るのも嫌な売僧だ」

「自分一人正しく、周りは皆愚かで間違っている、そう確信している。だから諫めようがない。まさしく五悪[3]の権化、五悪段[4]の典型。その挙句がこのでたらめな大仏殿。み仏に申し訳ない。それをはっきりと己と頼信が言って憎まれた。それで結局頼信は……」

「許せん奴だ。本当に」

「それに輪をかけた溝鼠がくっついた」

「腐肉に溝鼠が寄ってきたということか。しかしこの中はがらんどうだ。大仏の前机に粗末な三つ具足が置かれているだけ」

「ん」

「どうした？　助元」

「いや、何でもない。心高ぶっての空耳だ」

「そうか、ならば急ごう、次は土蔵だ」

「経典、経論を納めた宝蔵が一つ。歌論、物語等のなべての図書《ずしょ》を納めた宝蔵が一つ。あとの二つは雑多なものが入っている」

「ふむ。そこが一番怪しいな。ん、錠が掛かっている。おい、治恵、鍵はどこだ？」

「以前の通りだったら方丈に。今捜してきます」

「一人になって大丈夫か？」

「どうやら怪しげな人はいないようです。大丈夫」

「ではその前に雑仕小屋を改めておこう」

　豸隗らの寝泊まりする雑仕小屋は、それこそ家畜小屋がお邸に見えるほどのちらかりようであった。ところどころに獣の毛のようなものが散らばっている。寄ってきた犬、猫でも食べたのだろう。

「これは何だ。人の住むところではないな。何という臭いだ」

「納戸も、天井裏も何もない。やはり宝蔵だ」

「則光殿、鍵はそのままありました」

「おう、治恵、さあ、開けてくれ」

「さすがの豸恵、実仞も経蔵だけは始末しなかったらしいな」

大部の経典は乱雑に放り出されてはいたが、一応そのままにあるようだった。

「いや、一度に売り出せば准定額寺が経巻を売り払ったとの悪評が立つことを恐れたのだろう。寺の名誉だけは欲しがる売僧らしい」

「しかしこれは極めて貴重なもの。いずれほとぼりが冷めれば売り出すのでしょう。師匠は食べるものも約《つづま》やかにして経巻を求めました」

「治恵がそう言うのなら、いずれ散逸するのは間違いはないな。いずれにしてもここには経巻以外には何もない。さて次は図書蔵《ずしょぐら》だ。鍵を早く」

「これはなんと」

図書蔵を開いた途端、治恵が絶句した。歌、歌論、物語等の納められた宝蔵は全くのがらんどうになっていた。

「照恵師匠は、仏の道は経巻のみにあるのではない、仏の道は人の道、と凡俗の認めたものも丁寧にお集めになられた。兄弟子はそれを道楽と口汚く罵ってばかりいた。しかしいくら師匠憎しと雖も、人はここまでできるものなのか」

治恵は思わず涙をこぼした。

「人ではない。売僧と溝鼠だ。しかしここには何もない、すっかり空だ。次に行こう。時が迫っている」

「則光、どうも埒が明かない。溝鼠の奸計、これは人の手には負えぬのでは？」

「ならば猫の手を借りるか、助元。ん、そうだ」

「どうした則光」

「翁丸だ。翁丸ならわしらの感じられない匂いもたどれる。翁丸を連れて来よう」

「どこにいるのだ？」

「清と共に。手力丸が連れて行った。清の兄の邸。すぐに連れて来よう」

「翁丸なら己が行こうか？」

「ん、方弘行ってくれるか？」

「翁丸なら方弘がぴったりだな」

「一人で行って二人連れて来よう」

「一人と一匹だろう方弘。方弘、戻る時には、手力の匂いのついたものも持って来てくれ」

「心得た」

「方弘一人で大丈夫か？」

「助元殿、ご心配には及びませぬ。方弘、やる時はやりますよ」
「そうだな、治恵和尚の言う通りだ。長池でも見事だった」

（註）
①裏堂＝本堂内本尊裏の場所。
②入り側＝広間等の後ろもしくは横の場所。陰になった通路や仮物置として使われる。
③五悪＝仏の説く五つの悪。一、殺生（人を殺すこと）二、偸盗《ちゅうとう》（盗み）三、邪淫《じゃいん》（夫婦でない男女の交わり）四、妄語《もうご》（嘘をつく）五、飲酒《おんじゅ》の五つ。
④五悪段＝『無量寿経』下において、釈尊が現世において五悪を犯した人々を五段に分けて詳細に語った部分。

（五）

卯の刻より半時ごとに祈禱を行って、既に十一回となった。秋の夕暮れは早い。丁度申の刻。あと半時で日没。日没と同時に篝火《かがりび》が焚かれ、池の面が輝き出すと共に荘厳《しょうごん》①された大舟が何艘も池の彼方より音楽を奏でながらやって来るはずであった。さながら補陀落《ふだらく》浄土②より、天女を伴った観世音菩薩が立后を祝うかのように。

辰の刻に雨晴らしの法を修法して雲を払ってよりこの方、穏やかな快晴が続いた。半時ごとに、もし邸の西の端の廂の下で耳をそばだてれば池の西隅、こんもりとした木々に隠されたところから、何やら呪文のような金切り声交じりの不快な音が聞こえるかもしれない。しかしもう朝の大騒ぎのようなことはなく、誰も耳を貸す者もいなかった。

「いいか、お前。あと半時だ。篝火が焚かれたら朝方のように思いっきりやるぞ。心しておけ。これが最後だ。目一杯香を焚き鉦を鳴らし、唸り上げるのだ。いいいな」

「心得た。待ち遠しいことだ」

「どうやら糞則光もおれたちの計略は解けなかったようだな。まあ、誰をもってしても大仏の腹の中に小娘がいるとは思うまい」

「後でどんな顔をして姿を現すか楽しみだな」

「額を擦りつけて小娘の居どころを聞くことだろう。あの思い上がった面にしと③でも降り掛けてやるか。がはは」

「お前はをんなだろうが」

「あれも嫄と別れ別れ。その方が喜ぶこて。ぐふふ」

二人して下卑た笑いを浮かべた。時は刻々と迫る。

篝火の周りではいつ合図があっても火が灯されるように、怠りなく準備が整えられている。池の面にも、補陀落舟がより厳かに見えるよう、直接の明かりが船を照らさず、しかも舟が見事に浮かび上がるよう計り尽くされたところに、篝火を用意した小舟が浮かんでいる。時まさに至った。

「おい、見ろ、大変だ。月に雲が」

「戯《たわ》け、狼狽えるな。日が落ちれば僅かに雲が出る。当たり前のことだろう。隈なき月に少し雲が懸かる。殿上人と嘯《うそぶ》く閑人どもの一番の喜び。さあ、始めるぞ。船の舳《へ》先《さき》が見える時までが勝負。その後は喧《かまびす》しいとでも言われたら台なしだ。おれたちの最後の仕上げ。さ、鉦を鳴らせ、唸れ！」

横の小舟では実仞が御幣を破れんばかりに振り回し、金切り声を上げ、足を踏み鳴らした。大揺れに揺れる小舟の中、豸恵も負けずと気味の悪い音声を発し、鉢や鉦を打ち鳴らし、空に雲が懸かるかと思うほど粗悪な香もどきの木屑を焚いた。

（註）

①荘厳＝本義は仏殿の飾りを指すが、ここでは観音菩薩の舟を飾った様。

②補陀落浄土＝106頁註⑬参照。

③しと＝尿。『紫式部日記』二十一、「あはれ、この宮（後の後一条天皇）の御しとに濡るるは、嬉しきわざかな。この濡れたるあぶるこそ、思うやうなる心地すれ」という有名な道長の言葉がある。

（六）

則光ら三人は戒定寺山門の下で、苛々《いらいら》しながら方弘を待っていた。

「道に迷ったのではないか？　相手は方弘だ」

「助元殿、それはありません。何か手間取ることが……。あ、あれは翁丸ではありませんか？」

目敏く則光たちを見つけた翁丸が、引き綱を目一杯引っ張りながら山門を目指して駆けて来る。方弘は、両手でもって必死で引き綱を手放さぬよう握り締めながら、引きずられるようにその後を追って来た。

「方弘！」

「人一人に物二つを込める」

「何だ、訳の分からぬことを」

「いや、翁丸と、手力丸の品」

「分かった分かった。しかしもう申の刻をとっくに回った。日も沈む。時間がない」

「済まぬ、手力の品を借りるに手間取った。あれでも女子だとな」

「それで何か手に入ったのか？」

「これだ」

方弘は懐から丸めた布を則光に差し出す。

「よくやってくれた。ん、何だこれは」

広げると則光、助元、治恵の三人は揃って絶句した。

「清殿が女性の物ををとこに渡すことはできぬと難しいことを言う。いろいろ言ってもだめだったので、隙を見て手力の室に入り、乱れ駕籠に収められていたものを持ってきた」

「こ、これは湯巻《ゆまき》①ではないか。方弘、えらいものを持ってきたな」

「一反の裂に二反は入らぬからな」

「またか方弘。さあ、時がない。翁丸、手力丸を捜し出してくれ。頼む、もうお前しかいない」

悲痛な叫びを上げるように、則光は手力丸の湯巻を翁丸の鼻面に暫く押しつけると、その引き綱を解いた。一瞬周りの地面の匂いを嗅ぐようにしていた翁丸が顔を上げると、躊躇することなく駆け出した。翁丸は車止めとなってしまった殺風景な境内を横切ると、隅の大仏殿にそのまま飛び込み、けたたましく吠え出した。

「翁丸、そこはもう捜し尽くした。やはり犬ではだめか」

「いや、則光殿、あの吠え方は尋常ではありません。行ってみましょう」

「御坊がそうまで言うなら」

返事を待たずに駆け出した治恵の後を、則光、助元、方弘が追う。

「翁丸！」

大仏殿には翁丸の姿はなかった。吠え声だけが大仏の背後から聞こえる。四人、大仏の後ろに回る。そこも十分に検分したところだった。案の定、今も翁丸が尻尾を振りながら吠えているだけだった。

「おい、翁丸どうした。お前の大好きな手力丸を捜せと言っているんだぞ。さ、ここではない。早く捜してくれ。本当に時間がないのだ」

四人が堂内に入って吠えるのを止めた翁丸に、則光が引き綱をつけようとするのを助元が止める。

「静かに」

助元が大仏の背に耳を寄せる。

「ここだ。この中だ。この中に手力丸は閉じ込められているのだ。微かに物音がする」

「そうか、笛の名手、お前の耳をもってやっと分かるのか」

そう言うや前机《まえづくえ》②の具足《ぐそく》の蠟燭《ろうそく》を取り外し、治恵に渡す。治恵は時をおかず灯《ひ》を灯《とも》す。堂内が一気に明るくなった。則光はその具足で大仏の背を思いっきり打つ。二度、三度、四度。五度目に豸恵が覆った背の洞の蓋が崩れ落ちた。治恵が蠟燭の灯を向ける。崩れ落ちた蓋の向こうに、声が出ぬよう厳重に猿轡《さるぐつわ》をかまされ、手足を全く身動きできぬよう、これでもかとばかり縛り上げられた手力丸こと常が横たわっていた。

「則光、早く助け出せ。危ない、大仏が崩れる」

助元の言葉が終わらぬうちに手力丸を抱き出し、五人と一匹は大仏殿を飛び出した。最後に治恵が外に出た時、胴を刳り抜かれて土の詰まった頭の重みに耐えられなくなっていたところに、背をぶち壊されて脆くなっていた大仏は、大きな音を立てて崩れ落ちた。そしてその土塊《つちくれ》の上を転がった頭部が、建物の柱に思いっきりぶつかるや、見かけだけの虫食い材は脆くも真っ二つに折れ、傾いた建物が今度は大音響を立てて崩れ落ちた。

則光は縛られたままの手力丸を抱きかかえ、助元らと金堂の前まで一目散に駆け逃げた。そこで手力丸の縛《いまし》めを解くと、手力丸は、

「殿様」

と涙を浮かべて則光にしがみつく。暫くそうしたかと思うと、思いの静まった手力は、優しく手力丸の背を抱く則光の手の湯巻に気づく。

「殿様、何てことを。洗おうと思って隅に置いておいたものを」

「いや、お前を捜すにはこれしかなかった」

「いくらそうでもあんまりです」

「おい、則光、遅きに失した。己があの時もう少し耳を凝らしていれば、常の気配をはっきりと感じたはず。迂闊だった。そうすればこれほど時は食わなかった。もう日は落ちてしまった。おれたちの負けだ」

助元の言葉に居合わせた者が項垂《うなだ》れる。様子の分からぬ手力丸だけがきょとんとしている。そしてもう一人、治恵が悠然としていた。僅かに目に入る崩れ落ちた大仏殿からはまだ土埃が上がっていた。

「心配には及びませぬ。私が修法《しゅほう》③を厳修いたします。皆さん、金堂内にお入りください。御助法《じょほう》④お願いいたします」

「大丈夫か？」

「心が通じれば」

「助元、春日、室生の龍窟と天龍部⑤の修行を続けてきた治恵だ。ここはその修法に縋《すが》るしかない」

「その通りだな。頼むぞ、治恵」

「皆で心を合わせて修法すれば、奸賊は必ず滅びましょう。頼信殿も浄土より必ず助けてくれます」

「頼信様」

頼信の名を聞くと手力丸は再び涙ぐみ、則光に縋りつく。

「手力、時間がない。一刻も早く治恵に法を修してもらおう。さあ、堂内に急ごう」
翁丸を向拝《ごはい》⑥の柱に繋ぎ止め、五人は金堂に進んだ。内陣に上った治恵は高座の蠟を灯し、香を焚き、手力に水瓶に水を満たさせると、鈴を密かに鳴らし、磬《けい》を打ち、厳かに読経を始めた。外陣の則光らも一心に念仏をする。助元は懐より笛を取り出し『羅陵王《らりょうおう》』⑦を奏で始める。後に助元は則光らに、『羅陵王』は雨乞いの曲としてつとに有名と語った。

（註）

①湯巻＝女性の腰巻。
②前机の具足＝前机は須弥壇（本尊の座すところ）前の香炉、花瓶、燭台を置く机。香炉、燭台等を具足という。
③修法＝災厄を払い、福を祈る加持祈禱。
④助法＝読経その他寺の営みをする住持を他の僧侶が助けること。
⑤天龍部＝天龍八部衆。釈尊に教化《きょうけ》され、仏法（仏教）を守護するようになった天部のこと。
⑥向拝＝仏堂の正面階段の上に張り出した廂の部分。
⑦『羅陵王』＝舞楽の一。「蘭遼王」とも。北斉の羅陵王長恭が天性の美貌を獰猛《どうもう》な仮面に隠して敵を破ったのをかたどる。

（七）

気象の常なのか、豸恵、実仞の偽祈禱がまぐれで当たってしまったのか、月に懸かった叢雲《そううん》が薄く去っていく。

「おい、お前、晴れたぞ」

「ほれ、言った通りだろう。今の祈禱も必ず奴らの耳に入っている。これでますます覚えがめでたくなるというものだ。さ、もうひと頑張りだ。でかい声を張り上げろ。舟が見えるまでが勝負だ。あとは下らぬ管弦に阿《おもね》り公卿どもが、面白くもねえくせに楽しんだ振りをするだけ。こっちはその後に来るものを楽しみにってことだ。さ、やるぞ」

最後の仕上げとばかり二人は大騒ぎをする。

「おい、お前」

「やかましい、おれたちをさらに知らしめる時はもう僅かしか残っていない。声を出し続けろ！」

普段でも狂気じみている実仞が、それに千倍も輪をかけたように、体を震わせ、御幣を振り回し、小舟がひっくり返らんばかりに足を踏み鳴らす。

「お前」

「うるさい！」

「そうではないんだ。ほれ、聞こえないか」

「何のことだ」

御幣を振り回しながら仕方なしに実仞が答える。

「まただ。今度は聞こえただろう？」

「何のことだ」

「おい、大変だ！　一気に月に雲が――」

「なに！」

自らの偽祈禱に狂信し、没入し、虚ろになった目を、実仞は空に向ける。確かに一旦消えたはずの叢雲が、今度は厚い黒々とした雲になり変わって月を隠し始めていた。微かではあるが黒雲の裾では遠雷も響いているらしい。

「こら、読経を止めるな。鉦を鳴らせ、香を燃やせ、鉢を打て、舟が岸に着くまで持たせろ！」

さらに輪をかけて実仞は御幣を振り回す。

（八）

　少しも慌てたところのない落ち着いた治恵の読経が金堂内に響き渡る。安心を催させるその清々しい音声に、助元の『羅陵王』の楽の音が荘厳に交わり、そこに則光らの念仏が静かに静かに溶け込んでいく。誰の心からも、多恵、実仞のあの愚かしい姿は消えていた。

「則光、聞こえんか？」

「ん、何だ？」

「神鳴だ。遠くに聞こえる」

「笛で鍛えたお前の耳には敵わん」

「いや、確かに神鳴だ」

　助元は堂内から出て、向拝の階を降り空を見上げた。読経を続ける治恵だけを残し、他の者が続く。手力丸の姿を見た翁丸が思いっきり尻尾を振る。その頭を撫でながら手力も空を見上げる。

「あ、稲光！」

　彼方の空が一瞬黄金色に光る。かなり時が経ってから雷鳴が響く。まだ小さな音であったが、確かに雷と知れる音であった。

「間に合ったな。則光」

「そのようだ。ここは治恵に任せよう。大殿様の邸へ急ごう。溝鼠、逃げ足は速い。姿をくらます前に捕えねば」

（九）

池の彼方に補陀落舟が現れた。静かに嫋《たお》やかに進んでくる。一際《ひときわ》豪華な舟を先頭に、左右やや下がって僅かに小振りの舟が続く。どの舟の舳先にも美しい女性が立ち、優雅に扇を揺らしている。そしてその舟の上にも今や黒雲が覆い被さらんとしていた。

突如辺りが黄金色に瞬く。空を劈《つんざ》く雷鳴。池の西の端では実切のものと思われる狂気じみた金切り声。

「オンサラバソワカ雲晴らさせたまえ、雷去らせたまえ、オンサラバソワカ……」

でたらめな祈願文が続き御幣が千切れ飛ぶ。

雷の中、補陀落舟は厳かに進む。池に面した主客殿の廂では、客《まろうど》の近衛の大将が、中将、少将、佐《すけ》らと共に弓の弦打ちをする。奥の簾の中では中宮彰子の横に座す御堂関白が不快な顔をしている。

ついに来た。一陣の風、それも尋常ではない突風が池の周りの林ばかりか、内裏をも凌ぐ関白の壮大な邸を揺るがす。弓打ちの音がさらに高まる。風の轟音に豸恵、実切の声は簡単に掻き消される。それでも金切り声を上げる実切。

そこに赤子の握り拳もあろうかと思われる大粒の雨が一滴、池の面に落ちた。と思うや邸の隅々まで黄金色に染める稲光、いや金の柱が池の面に立ったと見えた。途端、その黄金の柱はそこにいるすべての者の耳を劈《つんざ》く爆発音を立てて、反転し空に上る。恐れ慄《おのの》き地にひれ伏す者の誰が、その暴れる龍神の姿を見たことだろう。しかもなんとその龍に長池の蟒蛇《うわばみ》が伴い、その蟒蛇の背にはあの鼻潰れが跨《また》がっている。

龍が天に上ると今度は蟒蛇だけが鼻潰れを背に、一直線に池の面を目指す。再び黄金の柱が立つ。黄金の柱は今し方よりやや西に逸れ、池の端の突き出た影を目指す。豸恵が頭を抱える。実仞も御幣を投げ捨て蹲《うずくま》る。その豸恵の石頭を掠めるように蟒蛇は反転し空に上る。

大粒の雨は瀑布の如く大音声《だいおんじょう》を立てて池に、林に、邸に降り落ち、切れ目のない稲光は昼間を思わせる輝きを辺りに撒き、そのつど爆発音を残す。突風に揉まれ、美しい舟はその厳飾を捥《も》ぎ取られ、ただの客舟《かくしゅう》と化し、舳先にいた美女たちも、ずぶ濡れのまま、池に落ちぬよう舟の操り人に押さえてもらうのが精一杯であった。

その中鼻潰れは何かにつかれたかのように執念深く豸恵、実仞の上に大音響と共に襲い掛かり、時に池の面を大龍が掠め、黄金の華を振り撒くかのように余燼《よじん》を残しつつ天に引き返す。

関白はこれまでと、中宮を連れて奥に下がる。関白の怒りに途方に暮れる客《まろうど》たちは、諦め顔で弦打ちの音を聞きながら廂より空を見上げる。

「石頭、何している、逃げるぞ」

失敗を悟った実仭の行動は早かった。土砂降りの雨の中、濡れそぼった実仭は自らの乗る小舟の舫いを手繰りながら、豸恵に声をかける。あまりの豪雨、突風、雷鳴に肝を冷やし頭を抱えて蹲ったままでいた豸恵の小舟を、舫いを手繰る実仭が蹴飛ばす。漸く実仭に気づいた豸恵も慌てて舫いを手繰る。

十間ほども目一杯伸ばした舫いを手繰り岸にたどり着くや、実仭は猫の首を摑むように豸恵の首を引っ張り、邸の西廂下の板床の下を走り抜けようとした。二間幅の板床の下は地面から高さ九尺ほどもあり、白い小石が敷き詰められている。庭園には未だに音を立てて雨が降りしきっているが、板床の下は雨も降り込まず、乾き切って、二人がまさしく床下を走る溝鼠の如く踏みしめる小石の音が、雨音に交じって微かに連続していた。

西の廂の床下の半ばまで走っただろうか。高さは十分にあるとはいえ、人の常で僅かに腰を屈めて走る豸恵の顔面に突如激痛が走った。同時に実仭にも。一瞬気の遠くなった豸恵の胸倉が摑まれ引き起こされるや、再び拳がめり込む。

「これは己からだ」

助元の声。

「これはわしだ。よくも頼信を！」

涙交じりの方弘の声と、あまり力強くはない拳があった。

「殿様、この女、私の拳固では効き目がありません」

実仞に向けた手力丸の拳はあまりにも非力だった。最初の則光の一撃で鼻を潰され、顔中血だらけにした実仞が息を吹き返し、口中の血だまりを白い小石に吐き掛け、それでも決して屈しない意志を示すように不敵な笑いを浮かべた。

「手力、この分厚い面《つら》の皮にお前の手では歯が立たぬ。己が代わってやろう」

助元の拳が顔面にめり込む。

「おい助元、あまりやるな。手を痛めたら笛を持てなくなる」

「しかしこの溝鼠が元凶。こいつが頼信を！」

則光の制止も聞かず助元の拳が再び実仞の鼻面を打つ。いつの間にか雷鳴は去り、雨音も治まってきた。そこに怒号を聞き不審に思った弦打ちする近衛の大将らが駆けつけた。血相を変えた大将らに何事か異変を感じた他の公卿らも続く。近衛の舎人たちの手にする灯《あかり》が辺りを昼のように明るくする。

則光らは公卿たちに取り囲まれたことにも気づかずにいた。助元は仰向けに倒れた実仞を引き起こし、もう一発顔面に打ち込もうと拳を振り上げた。

「まて、助元、これは何だ！」

則光が大声で助元を制止した。染めの悪い赤袴の色が、雨で上の白衣まで斑《まだら》に染みている実仞の胸元から零《こぼ》れ落ちた、幾重にも厳重に包まれた油紙の包みを拾い上げた。

「触るな！　それはおれの！」

幾度も殴られて目も塞ぎかかった実仞が、気丈にも則光の手から油紙の包みを取り返そうとする。則光はその実仞を思いっきり蹴り飛ばす。ふっ飛んだ実仞は床を支える柱の礎石にしたたか頭を叩きつける。消えつつある雨音に頭のぶち当たる小気味の良い音が混じった。

則光が油紙を開き、取り囲む公卿の側で松明を持つ舎人の灯に近づける。厳重な油紙は、あの豪雨も一滴も通さず中は乾き切っている。その中にさらに緋、茶、白の小さな油紙の包みが五つほどずつ納められていた。一際毒々しい色をした緋色の油紙を開いてみると、中には褐色の粉。

たちどころに察知した則光は、豸恵を引き起こすとその褐色の粉を口に入れようとする。歯を食いしばり口を閉ざさんとする豸恵。顎《あご》を摑み思いっきり口をこじ開ける。褐色の粉を注ぎ込もうとする則光。

「勘弁してくれ！　それは毒薬」

「戯《たわ》け！　何を言うか、この石頭！」

肝の据わり切った実仞が、後頭部を押さえながらよろよろと立ち上がり、どすの利いた声で豸恵を怒鳴りつける。それを再度蹴り倒す則光。

「勘弁してくれ、一度にそんなに飲んだら死ぬ！」

「何、死ぬだと？　この売僧《まいす》！　お前いつもお前の願力で如来の光明の中に連れて行ってやる、と嘯《うそぶ》いているそうじゃないか。それとも自慢の大仏が微塵に砕け散ったのでお前の誑《たぶら》かしも砕け散ったか。さあ、己がお前をお前の行くべきところに送ってやる」

助元が則光に代わって褐色の粉を注ぎ込もうとした。

「助けてくれ、死にたくない。助けてくれ」

「お前たちのせいで、あの好漢源頼信は老いたる母御一人残して来世に旅立った。これがどうして許せる！　やや、こんな愚鈍売僧よりも、こちらだ。溝鼠、観念せい！」

助元は柄柱の礎石を枕の実仞を引き起こし、その口をこじ開けた。鉄漿《かね》①に血がこびりついたすざまじい乱杭歯に不快さを覚えた。

「助元、このくらいにしておこう。これ以上やってはこちらの手も心も穢《けが》れる」

「ふん、きれいごとを言うな。殺す度胸もねえくせに。糞頼信がくたばったくれえで狼狽《うろた》えやがって。その小娘も殺しとけばよかった。仏心が仇《あだ》とはこのことだな」

その言に逆上した則光が太刀に手を掛ける。今度は逆に助元がその柄を押さえる。

「則光、お前の言う通りだ。これがこの溝鼠の手だ。この世でだめなら地獄で復讐しようという」

「おれが溝鼠なら、てめえらみんな腰抜けのまら糞野郎だ！」

「言いたいことはそれだけか。ではこれは添え口伝だ」

則光は最後の一発を、豸恵、実仞の顔面にめり込ませた。助元、方弘、そして手力丸が続いた。漸く取り囲んだ近衛の大将らに気づいた則光は、実仞の薬を大将に渡した。

「どうやら御台様を病に陥れた麻薬のよう。よく薬師に確かめさせてください。この三種の薬で頭の命婦を操ったのでしょう」

それだけを告げると、今度は取り囲んだ人々が二人を蹴ったり殴ったりする怒声を後に、四人一緒にその場を下がった。既に雨はすっかり上がっていた。

常が一言。

「殿様、これでいいのですか。これだけで、これだけでは頼信様が……」

「常、悔しいのは我等も一緒。目の前で頼信は殺められた……。だが頼信を討ったのはこの世にいない隠れ者。あの包みが毒薬と分かったとて、あの溝鼠がそれを盛ったところを誰も見ていない。お前を拉致したのもあの偽小僧ども。そう、どこにも、どの場にもその証しはない。無念だが……」

「でも、助元様……」

言葉なく常はうつむく。

うつむく常を伴い、則光、助元、方弘は板床下から邸の庭園に出る。雲はすっかり晴れ、満月が煌々《こうこう》と辺りを照らしていた。その月影も通さぬ黒々とした林の中に光るものが二つ。その二つの光るものの上に林の闇を通して人影が見えた。

「鼻潰れ！」

常が思わず呼びかける。鼻潰れは長池の蟒蛇に跨ったままそこにいた。

「有難う、鼻潰れ。お前のお蔭だ。お前のお蔭で頼信の敵《かたき》が打てた。お前も頼信を慕っていたのだな。有難う。頼信も喜んでいるぞ。お前、これからどうするのだ。天に帰るのか？」

則光の言葉に、鼻潰れは蟒蛇を指差すと、一瞬破顔を見せた。そして則光にか、手力にか、僅かに手を振る。蟒蛇はその巨体にも拘らず全く音も立てずにするすると池の西端の人目に立たないところから静かに池に潜り込み、たちどころに姿を消した。

「この池に住むのですか？」

常が則光に尋ねた。

「きっと池の底に水の通り道があるのだろう。あの蟒蛇には長池が相応《ふさわ》しい」

（註）

①鉄漿＝45頁註⑭参照。

（十）

数日後、妻清少納言に暇を告げると、則光は陸奥に戻った。常は涙を浮かべながら、内裏には戻らず郷に留まるという清少納言の下で、頼信の菩提を弔いたいと言う。その涙の光る眼をじっと見つめた則光は、一言「頼む」とだけ常に告げた。助元、方弘はそのまま役に戻る。そして治恵は何度も辞退したが、上より再三請われて戒定寺復興奉行を務めることになった。成満したら再び室生に行くと笑う治恵だった。龍華の修法を極めて、龍王に御礼申し上げるのだという。

都の外れまで常が則光を見送った。

「殿様、いつお戻りになられますか？　次の除目の時ですか？」

「さあな、御舟遊びを台なしにして大殿様を怒らせてしまったからな。一生陸奥かもしれん」

「そんなことはありません。清少納言様も助元様も、ふふ、方弘様も、じきにお戻りになられますよ、と仰っておられました」

「先のことは誰も分からん」

「あ、殿様、あれ」

手力丸の指差すところに菰《こも》を被りとぼとぼと歩く二つの姿があった。菰でやや顔は隠されてはいるが、豸恵と実仞の二人だった。本来ならば極刑も仕方のないところであったが、検非違使が如何に正そうと、豸恵が私度僧にも拘わらず准定額寺の住持を勧めたこと、そして、実仞が許しもなく禁中に入り、なおかつ魔薬を所持していたこと以外に二人の罪を認めることはできず、これほどまでに賤《いや》しい者に人界の罰を科すことは、善男子、善女人を貶《おとし》めることになるとのことで、都からの追放に終わったのだった。

則光らに打たれ、さらに公卿たちに打擲《ちょうちゃく》されたその顔は、恐ろしく腫れ上がり、まさしく「腫面《はれめん》」①そのものだった。そのあまりの形相に恐れをなしたのか、傍らの赤犬が尻尾を巻き込んで吠える。その赤犬を憎々しげに潰れた目から睨《にら》む実仞。

（註）

①腫面＝舞楽の「二の舞」でつけられる、大きく腫れて歪《ゆが》んだ老婆の面。

著者プロフィール

原 盈多（はら みった）

早稲田大学第一文学部卒業。

腫面

2017年12月15日　初版第１刷発行

著　者　原 盈多
発行者　瓜谷 綱延
発行所　株式会社文芸社
〒160-0022 東京都新宿区新宿1－10－1
電話 03-5369-3060（代表）
03-5369-2299（販売）

印刷所　株式会社暁印刷

ISBN978-4-286-18980-2